S. Pomej

Einfach grandios

Science-Fiction-Satire

"Die zwei größten Tyrannen der Erde: der Zufall und die Zeit." J. G. Herder

Triggerwarnung: Einige politisch unkorrekte Aussagen mancher Protagonisten würden dem Autor niemals über die Lippen kommen!

I. Das Rendezvous

Der angebliche Außerirdische in seinem grauen Overall erschien auf den ersten Blick völlig normal, ja direkt harmlos. Allerdings wirkte er wegen fehlender Kopfhaare und Augenbrauen ein wenig kränklich und der ihm gegenübersitzende General in adretter Zivilkleidung wie sein besorgter Arzt. Beide erregten in dem überfüllten Diner überhaupt keine Aufmerksamkeit. Die beiden aufgetakelten Touristinnen am Nebentisch unterhielten sich auf Französisch über ihren Verlust im Casino, aber hey, deswegen kam man schließlich nach Vegas, nes pas? Diese Stadt hatte etwas Magisches, das alle profanen Probleme überstrahlte. Ach ja, Las Vegas, ein Ort des oberflächlichen Vergnügens, das auch den General befiel, da er den Außerirdischen natürlich für einen der vielen Spinner hielt, die sich wichtigmachen wollten. Manche davon hatten großen Unterhaltungswert, darum kam ihm die seltsame Einladung via WhatsApp in seinem etwas langweiligen Urlaub gerade recht und nun saß er hier. Leicht amüsiert hörte er sich die Ausführungen des ulkigen Fremden an, wobei er keine Sekunde an dessen Echtheit glaubte. Verglichen mit den anderen Aliens und Zeitreisenden auf YouTube rangierte der kahle Mann in der nach oben offenen Sensationsskala ziemlich weit unten.

"Sie nehmen es mir hoffentlich nicht übel, doch ich hege Zweifel an Ihren Aussagen", sagte General Marvin Hobbs, nachdem er seinen Cheeseburger aufgegessen hatte. "Wenn Sie aus einer technisch weit überlegenen Gesellschaft stammen, warum treffen Sie sich hier mit mir und besuchen nicht einfach unseren Präsidenten? Zu ihm vorzudringen dürfte bei Ihren Fähigkeiten ganz bestimmt keine Schwierigkeit für Sie darstellen."

Daraufhin rümpfte der Fremde etwas seine kleine Nase, sicher nicht wegen des durch das Lokal ziehenden Gestanks nach in ranzigem Fett herausgebackenen Fleisches. Bei seiner Antwort bewegten sich seine schmalen Lippen kaum. "Abgesehen davon, dass wir natürlich die Privatsphäre eines Menschen respektieren - angenommen ich erschrecke Mr. Trump mitten in der

Nacht in seinem Schlafzimmer und erzähle ihm von unserer Absicht, glauben Sie, er würde es am nächsten Morgen twittern oder auch nur seiner Gemahlin anvertrauen, geschweige denn vor Pressevertretern öffentlich verlautbaren?"

Hobbs tupfte sich schmunzelnd den Mund ab, verscheuchte danach eine aufdringliche Fliege, um mit der Serviette abzuwinken. "Nun, wenn er keinen Beweis Ihres nächtlichen Überfalls zur Bekräftigung hat, wohl kaum. Können Sie mir einen Beweis Ihrer technischen Überlegenheit liefern?"

"Was erwarten Sie von mir? Mich unsichtbar machen? Kurz im Lokal herumschweben? Einen Klumpen Gold herbeizaubern? Gerade in dieser Stadt sind das doch alles nur Taschenspielertricks, die jeder noch so minderbegabte Zauberlehrling beherrscht."

"Gold! Da bringen Sie das Thema auf eine alte Verschwörungstheorie, die besagt, dass wir Menschen einst von den Anunnaki zum Zwecke des Goldabbaus erschaffen wurden", fiel dem General ein und er prostete dem Kahlköpfigen mit einem Glas Cola zu, bevor er es austrank, wobei die darin enthaltenen Eiswürfel lustig klimperten. Dann unterdrückte er ein Rülpsen und fuhr scherzhaft fort: "Wer weiß, vielleicht kommen Sie ja, um uns wieder zur Minenarbeit zu versklaven, mein Herr!"

"Haha", machte dieser etwas bemüht. "Bei uns kennt man auch Humor, wenn auch andrer Art. Gold gibt es überall und es wäre bei Bedarf ganz leicht für uns zu holen, deswegen kämen wir niemals auf einen bewohnten Planeten, geschweige denn, um Menschen zu unterjochen. Glauben Sie mir, Ihre Arbeit können unsere Maschinen effizienter und vor allem fehlerfrei verrichten. Dazu bräuchten wir Ihre Rasse nicht!"

"Nein, wie Sie mir erklärten, führen Sie hier also eine sozialökologische Studie durch", erinnerte sich Hobbs, kratzte sich am Kinn und schüttelte den Kopf. "Ich wage gar nicht, nach Ihrer Analyse zu fragen."

"Oh, die fällt positiv aus, trotz vieler Logiklöcher Ihrer Spezies. Ich würde sogar behaupten, dass wir uns ein wenig ähnlich sind. Nicht nur aussehensmäßig."

"Zuviel an Ähnlichkeit würde mich aber sehr beunruhigen." General Hobbs stutzte im Hinblick auf die Gewaltbereitschaft seiner Mitmenschen sowohl im Krieg als auch im Zivilleben.

"Keine Sorge, wir forcieren keine Übernahmepläne Ihres Planeten oder dessen Ausbeutung. Auch sind wir keine Menschenfresser", beruhigte ihn der Fremde, der die Gedanken seines Gegenübers richtig zu deuten wusste.

"Wie sind Sie überhaupt auf unseren Planeten gekommen?", wollte Hobbs wissen.

"Reiner Zufall. Bis vor kurzem war er für uns nicht einmal ein Fly-over-Planet. Und plötzlich orteten wir ein starkes Zeichen Ihrer Aktivität."

"Hm, Funkwellen sind zu langsam, es muss sich wohl mehr um ein Leuchtzeichen gehandelt haben. Ein Silvesterfeuerwerk?"

"Nein, um genau zu sein war es eine seismische Störung ihres Planeten aufgrund einer Atombombendetonation", erklärte der freundliche Außerirdische.

"Hätte ich mir fast denken können. Das Lichtzeichen unseres kulturellen Leuchtturmes lockt fremde Besucher an... HM! Aber auf der Sonne finden doch solche Atomreaktionen millionenfach statt!", gab Hobbs zu bedenken.

"Um es banal auszudrücken: die Sonne funkt auf anderer Wellenlänge. Immer, wenn eine derartige Explosion einen Planeten erschüttert, sind Wellen im Raumzeitgefüge zu orten. Uns interessieren vor allem Zivilisationen, die sich die Atomkraft zunutze machen, denn sie stehen knapp vor der Selbstzerstörung."

"Aha, verstehe, und Ihre Delegation eilte sofort hierher."

Heftiges Nicken seines Gesprächspartners, der dabei wie ein drohender Leguan wirkte. "Außerdem wollten wir vor Anbruch der nächsten Eiszeit mit unserer Arbeit fertigwerden."

"Richtig, Sie sprachen ja schon per WhatsApp darüber." Der ist gut, dachte sich Hobbs, so überzeugend, beinahe könnte ich ihm Glauben schenken, bin gespannt, was er überhaupt von mir will. "Und warum landeten Sie ausgerechnet in den USA? Auch ein Zufall?"

"Nein, Ihre Nation ist ein Imperium, hat über 900 Militärbasen in 130 Ländern. Hier sind wir bei der Leitkultur."

"Verstehe!" Trotzdem sank die Aufmerksamkeit des Generals und seine Augen schweiften zur sexy Bedienung ab. Die hübsche Blondine in ihrem engen Servierkleidchen erinnerte ihn an seine High-School-Liebe Betty-Lynn Anderson, die sich bei KFC ein Zubrot zu ihrem Taschengeld verdiente.

"Wie ich erwähnte, sind wenige von uns schon einige Zeit unter Ihrer Bevölkerung, haben die Studie beendet und wollen sich nun mit einem Geschenk verabschieden. Was würde Ihnen - also der gesamten Menschheit - denn Freude bereiten?" Seine geweiteten schwarzen Pupillen beobachteten den General sehr interessiert, vielleicht sogar ein wenig hypnotisch.

"PUH..." Nach einer originellen Antwort suchend, sah sich Hobbs in dem Diner um, wo alle Gäste laut durcheinanderplapperten, ab und zu schrill auflachten, sich gierig Fastfood in den Mund stopften und teils wild gestikulierten. "Ziemlich laut hier, könnten Sie nicht für Ruhe sorgen und einen Moment totaler Stille einkehren lassen? Das wäre schön!"

Eigentlich hatte er das nur als Witz gemeint, doch im selben Augenblick froren alle um sie herum in der Bewegung ein, so als wären sie auf einem Videofilm gebannt, den jemand per Tastendruck gestoppt hatte, und Totenstille machte sich breit wie eine drückende Decke, mit der er erstickt werden sollte. Selbst die Fliege - vorhin quicklebendig surrend herumschwirrend - präsentierte sich knapp neben seinem Gesicht eingefroren im Strom der sonst so gleichgültig und grausam dahinfließenden Zeit.

Hobbs schluckte, bekam eine Gänsehaut an den Armen, die nicht der Klimaanlage geschuldet war, sah den Außerirdischen an und holte tief Luft: "Das war die Art von Beweis, die ich vorhin meinte. Wie konnten Sie das so einfach bewerkstelligen?"

"Die Erklärung würde zu weit führen. Einer Ihrer Artgenossen meinte, die Zeit sei das, was verhindert, dass alles gleichzeitig passiert. So einfach ist es nicht. Es hat etwas mit Verzögerung der Entropie auf subatomarer Basis zu tun. Soviel kann ich verraten."

"Nun, da ich keinen Zweifel mehr an Ihrer Behauptung hege, scheint es mir fast dreist, wenn ich Sie um einen

Teil dieser Technologie der Macht über die Zeit als Geschenk bitte, die auf mich wie Zauberei wirkt."

"Leider bin ich nicht befugt, Ihnen eine derart weit fortgeschrittene Technik zu überlassen", sagte der Fremde, in dessen dunklen, kalt wirkenden Augen kein Zeichen des Bedauerns erkennbar war. "Weder Waffen noch Reichtümer, mit denen Sie Ihren Zeitgenossen auf anderen Kontinenten schaden könnten, darf ich Ihnen zukommen lassen. Angesichts Ihrer leidvollen Geschichte werden Sie wohl verstehen, weshalb nicht..."

Die Gesichtszüge des Generals entgleisten regelrecht und zeigten Enttäuschung sowie Scham für seinesgleichen. Doch er musste insgeheim wohl zugeben: die Geschichte lehrte stets, dass der Mensch nichts aus ihr lernt. "Schade... Sie sind wirklich sehr gut informiert. Der Wahnwitz unseres Gesellschaftssystems hat sich wohl schon lange bis ins hinterste Winkel des Universums herumgesprochen."

"Nun ja, das gehörte doch zu unserer Studie. Die Menschheit auf unseren Wissensstand zu heben, wäre so ungefähr, als würden Sie Ihren Kindern die Hausaufgaben erledigen."

"Das schränkt die Nützlichkeit der Geschenkauswahl leider ziemlich ein. Was meinen Sie, wäre das geeignete Geschenk für uns, Mr. Södluf?"

"Nach eingehender Studie Ihrer Art fiel mir die tiefe Trauer um die Toten auf. Wir sind unsterblich, daher kannten wir so etwas überhaupt nicht", gestand Södluf.

"ACH? Und bei Überhitzung des Antriebes? Ich nehme an, Sie nutzen Anti-Materie als Motor für Ihr Raumschiff, äh- PUFF!" Etwas ungelenk deutete er mit beiden Armen eine plötzliche Expansion an.

"Falsch! Wir haben eine Partikel-Schleuder, die eine Explosion nicht zulässt. So, wie man bei einer Steinschleuder keine Feuerkraft zur Beschleunigung benötigt, simpel ausgedrückt."

"Aha, sehr interessant! Daher gibt es auch keine Todesfälle per Unfall", folgerte der General. "So weit sind wir noch lange nicht..." Irritiert warf er wieder einen verstohlenen Blick auf das im stillen Lokal erstarrte Sammelsurium spielsüchtiger, amüsierwütiger, sensationslüsterner Touristen, welches gerade wie auf einem Bild für die Ewigkeit gebannt, den denkwürdigen Dialog verpasste.

"Darum mache ich Ihnen folgenden Vorschlag, werter General: Sie oder Ihr Präsident oder wer auch immer, können wählen, welche Toten wir wieder auferstehen lassen."

Die Gänsehaut des Generals dehnte sich nun auf dessen gesamten Körper aus, wobei sein Blutdruck merklich anstieg. "Sie wollen unsere Toten aus den Gräbern holen?"

"Haha, nicht als Zombies, wie es Ihre herrliche Filmkultur tut, übrigens auch etwas, das wir nicht kannten."

"Zombies oder Filme?"

"Beides. Die Idee, Zombies die noch lebenden Menschen fressen zu lassen, ist wohl aus der Überlegung entstanden, dass jeder Mensch mindestens ein Molekül aller bisher verstorbenen und verwesten Kameraden intus hat."

"Nein, ich denke, es ist eher parodistisch gemeint und bezieht sich auf die unerwünschten Wanderbewegungen der Menschen aus kulturfremden Gebieten zu uns."

"Ach? Was auch immer dahinterstecken mag, lässt Rückschlüsse auf die menschliche Natur zu. Unser Besuch hier unter Ihresgleichen war wirklich sehr aufschlussreich. Nein, mein bester General, ich meinte vorhin, Sie stellen uns die sterblichen Überreste der Auserwählten zur Verfügung, egal ob es die Gebeine oder auch die Asche der Toten ist, und wir machen eine Resurrektion!"

"Sie meinen einen Klon?"

"Nein, ich meine die Rekonstruktion des Toten, so wie er zur Zeit des Ablebens bestand, was in Ihrer Religion auch Auferstehung des Fleisches genannt wird", erklärte Södluf geduldig, während er auf der Menu Karte des Diners mit dem Fingernagel seines linken Daumens eine Eins und eine Null einkratzte. "Sagen wir von zehn Exemplaren, die Ihrer Gattung noch nützlich sein würden."

"Hm, da muss ich mit dem Präsidenten besprechen, wer dafür infrage käme…" Im Geiste ging er die Namen kürzlich genialer Verstorbener durch, aber auch jene großer Geister, von denen noch genug übrig sein konnte. "Und müssten wir das dann geheim halten?"

"Das bleibt ganz Ihnen überlassen. Mit einem Geschenk kann man doch hierorts machen was man will, solange man niemand anderen damit verletzt, oder habe ich das falsch verstanden?"

"Nein, das ist korrekt." Andächtig legte der General seine Denkerstirn in Falten. "Wenn ich so überlege... Sie sind unsterblich, können über die Zeit gebieten, ...welche Vorteile haben wir da als Menschen?"

"Na, immerhin pissen Sie Ihr eigenes Desinfektionsmittel! Das ist in einem so bakterienverseuchten Umfeld schon ein großer Vorteil." Die begrenzte Mimik des Fremden sowie die fehlende Modulationsfähigkeit seiner Stimme ließen keinen Schluss darauf zu, ob er das ironisch meinte oder nicht.

Seinem Gegenüber brannte eine Frage auf der Zunge: "Jetzt, wo ich weiß, dass Sie echt sind, würde mich nur noch interessieren: was fanden Sie auf unserem Planeten am erstaunlichsten?"

Ohne zu überlegen, offenbarte ihm der Fremde spontan: "Wie ein Mensch in Ihrem Land eine an die Wand geklebte Banane als Kunst deklarierte und dafür 120.000 Dollar einstrich, während auf der anderen Seite ihrer krisengebeutelten kleinen Welt ein Mensch um nur einen Dollar täglich schwerste Fronarbeit leisten muss, und sich trotzdem weder Apfel noch Ei darum kaufen kann. Das zeigt plakativ die verhaltensoriginelle Lebensweise Ihrer Spezies."

"Tja, wie auch immer... Also ich brenne schon darauf, mit meinem direkten Vorgesetzten, dem Präsidenten, darüber zu sprechen. Im Hinterkopf habe ich schon eine Liste von geeigneten Kandidaten. Wann treffen wir uns wieder?" Schon im Gedanken an diese bevorstehende Besprechung steckte er automatisch die angekratzte Menu Karte in seine Jackentasche.

Södluf erhob sich. "Ich werde es merken, wenn Sie mich sprechen wollen!" Schon eilte er aus dem Diner und die Leute begannen sich wieder zu bewegen und redeten, als hätten sie nichts von all dem Unglaublichen mitbekommen.

Hätte der General Französisch beherrscht, wäre ihm die Bemerkung der Touristin am Nebentisch nicht entgangen: "Dieser Glatzköpfige sah irgendwie gruselig aus, meinst du nicht auch, Yvonne?"

II. Der Besuch

Mit dieser Last der bevorstehenden Entscheidung hätte er gern seine Frau aufgesucht, doch seit der Scheidung wollte sie nichts mehr von ihm wissen. Zu oft hatte sie seine Launen sowie Geheimniskrämerei ertragen und auf ihn vergeblich warten müssen. Auch seine beiden erwachsenen Töchter zeigten sich ihm selten, außer sie brauchten Geld, was nicht mehr so oft der Fall war, seit er ihnen gute Jobs verschafft hatte. Sein erster Weg führte Marvin daher spätabends zu seinem besten Freund Wayne, einem Army-Pensionär - hochdekorierter Ex-Pilot -, der ein kleines Haus am Stadtrand von Vegas nahe der wachsenden Wüste besaß, welche ihre staubigen Ausleger schon gierig gegen den urbanen Sündenpfuhl reckte. Der ideale Ort in Nevada, um endlich zur Ruhe zu kommen. Fern penetranter Medien, deren lästige Journalisten zeitweilig auf Interviews drängten.

Die hektisch flirrenden Lichter der Glitzermetropole hinter sich lassend, fuhr er also in seinem Buick Encore eine öde Straße entlang, nachdem er sich telefonisch bei Wayne angekündigt hatte. Noch rüstig, doch ziemlich verhärmt aufgrund seiner privaten Tragödie und über jede Abwechslung erfreut, zeigte sich dieser beim Eintritt von Hobbs in sein bescheidenes Domizil. Wie üblich saßen sie auf dem abgewetzten Sofa von Wayne, welcher sich von seinen Rücklagen schon vor -zig Jahren verabschieden hatte müssen. Dennoch trug er seinen besten Anzug zur Schau, um seinem Gast das Gefühl von Feierlichkeit zu vermitteln. Gern wäre er selbst noch aktiv gewesen. Aufmerksam lauschte er dem Bericht seines alten Kameraden, an manchen Stellen voller Unglauben eine Hand zum Mund führend, um dann eine sehr erfreute Miene zu machen.

"Du bist ein echter Freund, Marvin", lobte er ihn schulterklopfend, "kommst eigens den weiten Weg zu mir, um mich mit utopischen Stories aufzumuntern. Komm, trinken wir eine Flasche Rotwein zusammen."

Etwas pikiert raunte ihm Hobbs zu: "Wayne, du kennst mich, ich bin weder ein Witzbold, noch ein Säufer oder Junkie! Es ist unglaublich, aber wahr! Noch nie zuvor verspürte ich solches Unbehagen. Ein Vertreter einer überlegenen Art, der einfach die Zeit einfrieren kann, kannst du dir das vorstellen?"

"Wie hat er das gemacht? Mit welchem technischen Hilfsmittel?"

"Keine Ahnung. Ich dachte, er wäre ein Hochstapler, darum hab ich ihn nicht genau beobachtet", gestand ihm Hobbs und versuchte sich genau zu erinnern, "doch ich denke, er hatte eine Hand unter dem Tisch, daher könnte er irgendeinen kleinen Apparat am Körper gehabt haben, den er ganz unbemerkt aktiviert hat."

"Nur, um dir zu beweisen, dass er echt ist?"

"Oder auch um meine Reaktion zu testen. Jedenfalls gewährt uns seine Art einen epochemachenden Gefallen. Eine Wiederauferstehung zehn großer Geister!"

"Wirklich? Das ist wahrlich ein wunderbares Geschenk", freute er sich. "Weißt du schon, WEN du auferstehen lassen willst?"

"Nun ja, wir sollten natürlich genau überlegen, wen wir aus dem Jenseits zurückholen, vor allem müssen von den Personen ja die Gebeine oder Asche übrig sein."

"Asche?", wiederholte Wayne, sprang ruckartig auf und holte eine Urne von dem Kaminsims gegenüber herbei, die er wie eine Trophäe vor sich hertrug.

"Nein, Wayne! Das ist unmöglich, du kannst deinen Sohn nicht wiederaufleben lassen, sieh das doch ein!", beschwor ihn Hobbs. "Er hat so viel Unheil über dich und vor allem andere Familien gebracht!" Wie im Zeitraffer liefen die TV-Bilder der Tragödie durch Marvins Gehirn, der seine Konzentration krampfhaft davon abzulenken versuchte.

"Unserer großen Nation und ihren tapferen Vertretern ist nichts unmöglich! Ich bitte dich, mein Freund, lege beim Präsidenten ein gutes Wort für ihn ein. Mir zuliebe! Ich bin sicher, wenn er noch eine Chance bekommt, wenn ICH noch eine Chance bekäme, ihm ein besserer

Vater zu sein, dann wird alles gut! Seine Tat setzte er damals nur aus purer Verzweiflung über mein Nomadenleben. Immer, wenn er Freunde in der Schule fand, mussten wir umziehen und ausgerechnet dort, wo er von Wohlstandsverwahrlosten und stupiden Sportlern gemobbt wurde und an böse Freunde geriet, viel zu lang bleiben! Außerdem verschrieb ihm sein Arzt falsche Medikamente!"

Tränen standen in seinen traurigen Augen, denen ein guter Freund keinen Wunsch abzuschlagen vermochte. In diesem Augenblick kam seine Gattin aus dem Nebenzimmer dazu. Offenbar durch den Tratsch ihres Mannes mit dem Besuch aus dem Schlaf geholt, erschien sie in einem rosa Morgenmantel und hatte schwarze Kleidung über dem Arm hängen.

"Ich habe gelauscht, verzeiht mir! Ich verstehe Ihre Skepsis, General, aber Sie wissen doch, mit blutjungen 18 hat man Weltschmerz und unser Sohn litt unter seinem Welthass... Doch, wenn er zurück zu uns dürfte, wenn ich ihn in die Arme nehmen könnte, wäre dieser Hass längst wieder verflogen! Schlussendlich hat er sich doch selbst zum Tode verurteilt, das sollte schon Schuldeingeständnis und Strafe genug sein. Hier sind seine Lieblingssachen." Mit einem bittenden Blick nahe den Tränen samt zittrigen Händen überreichte sie Hobbs die Kleidung ihres Sohnes, die sie über all die Jahre wie Reliquien aufbewahrt hatte.

Auf der Rückfahrt zum Hotel, in welcher er noch in Erinnerung an gemeinsame Kampf-Zeiten mit Wayne schwelgte, sprang ihm gleich beim ersten Zebrastreifen ein langhaariger Mann im Leoparden-Tanga vor den Kühler und führte einen Schütteltanz nahe an der Epilepsie auf. Unschlüssig fragte er sich, ob er einen Irren - entweder von Natur aus geisteskrank oder durch die tägliche Überforderung irrsinnig geworden - vor sich hatte, oder nur einen Straßenkünstler, der sich vermittels von zwei bis drei Jobs auch mit der Kunst im Turbokapitalismus über Wasser halten wollte. Gleichgültig um welchen Typus es sich auch bei dem wildgewordenen Tänzer eines ekstatischen Twists handelte, fand er es passend, einen Zehn-Dollar-Schein aus dem Seitenfenster zu werfen, dem der Leoparden-Lendengeschürzte akrobatisch hinterherhechtete. Wahrlich, dachte er sich, hier gibt es nicht nur für Aliens jede Menge interessante Fälle des Homo Sapiens zu studieren.

Als er endlich ins Bellagio einkehrte, ließ er seinen Buick Encore von einem Valet-Parker in die Tiergarage bringen, dieser fragte ihn noch, ob er die Gegenstände auf dem Rücksitz nicht mit auf sein Zimmer nehmen möchte.

"Ich glaube kaum, dass jemand eine Urne und ein Rammstein-T-Shirt stiehlt", gab der General bekannt und eilte mürrisch zum Lift. Dabei fiel ihm das berühmte

Zitat ein: Die Niederlage der Großen sind ihre
Nachkommen.

Auf dem Weg dorthin kreuzte ein Elvis-Double seinen
Weg. Wie viele Elvis-Darsteller es wohl in der Stadt gab,
fragte sich der General, und sollte er das Original zur
Auferstehung vorschlagen? Das wäre gleichsam das
Ende aller Elvis-Impersonatoren. Es nahm ihn Wunder,
welche Gedanken ihm so durch sein Gehirn huschten. Er
wollte nur noch auf sein Zimmer, doch dann blieb der
Aufzug stecken. Alles schien sich gegen ihn verschworen
zu haben.

Währenddessen beriet sich das Ehepaar Harris, ob es
seinen Freunden und Verwandten von dem hohen Besuch
erzählen sollte.

"Nein, das wäre verfrüht", sagte Mrs. Harris.

"Also ich denke doch, dass Marvin das Unmögliche
möglich machen wird. Auch, wenn ich diese ganze
abstrus anmutende Story zuerst nicht geglaubt habe."

"So viele Dinge geschehen, die wir für unglaublich
halten und dennoch sind sie wahr."

In seinem komfortablen Hotelzimmer haderte der
General mit dem Auftrag. Dem gerecht werden zu
können, stellte sich als Nervenprobe heraus, denn welche
verstorbenen Personen könnten für die USA, Gods own
Country, wichtig genug sein, um sie wieder ins Leben

zurückzuholen? Und vor allem: wie sollte er ein solch subversives Geschöpf wie Wayne Harris' Sohn dazwischen mogeln? Würde Gott wollen, dass man ihm auf solche Weise vorgreift? Gab es ihn überhaupt oder stellten die Außerirdischen viele Götter dar, die manchmal Gnade mit humanen Wesen zeigten? Eine ganze Menge kontroverse Entscheidungen hatte der honorige General in seinem Dienst für die Heimat schon nolens volens treffen müssen, doch unter der Last dieser immens großen Verantwortung drohte sein neuronales Netz zu kollabieren - er hinterfragte sogar sein Treffen in dem Diner. Konnte er sich alles nur eingebildet haben? Entsprang es seiner Fantasie infolge seiner Insomnia? Er wusste genau: drei durchwachte Nächte konnten schon zu Halluzinationen führen. Das Gehirn spielte einem Menschen oft seltsame Streiche... NEIN! Nur sein logischer Verstand sträubte sich, diese unfassbare Begegnung als real zu verorten. Entgegen seiner sonstigen Gewohnheit leerte er alle Fläschchen der Minibar und orderte telefonisch ein Callgirl.

Wenige Minuten später klopfte sie an seine Tür: eine Schöne der Nacht mit wallendem Haar, duftender Haut sowie warm glänzenden Augen, so ganz anders als der Fremde. Schnell wurde er handelseinig mit seiner verführerischen Buhle und ließ sich von ihr für 150 Dollar ohne Extras verwöhnen. Zulaika flüsterte ihm sogar süße Lügen ins Ohr, während sie ihn zum Stöhnen brachte.

"Du bist ein echter Hengst!", wisperte sie. "Irgendwann wird die Gegenwart zur Ewigkeit. Mit dir könnte ich sie ertragen..."

Die kurze Nähe zu einem menschlichen Wesen erschien ihm sogar noch viel wertvoller als die Geldscheine, die sie zuvor hastig in ihre Chanel-Tasche verschwinden ließ. Kaum hatte sie sein Zimmer verlassen, schlief er selig mit ihrem Geruch in der Nase ein und träumte von einer Welt, in welcher Männer wie Einstein und Frauen wie Curie voll Harmonie den Ton zum Wohle der Menschheit angaben. Doch zwischendurch ertönten peitschenartig Schüsse, als hätte er Samuel Colt samt Billy the Kid aus den Ewigen Jagdgründen zurückgeholt...

Im Morgengrauen erwachte er mit einem ziemlichen Kater. Sein Kopf fühlte sich wie eine zerplatzende Wassermelone an und der durch das Hotelzimmerfenster einfallende erste Sonnenstrahl blendete ihn wie ein Suchscheinwerfer. In seinem Mund machte sich ein fauliger Geschmack breit, so als hätte er Friedhofserde zum Supper verspeist. Langsam wälzte er sich nackt aus dem zerwühlten Bett, seine Knie gaben beim Auftreten etwas nach, zudem befiel ihn leichter Drehschwindel. Trotz Orientierungsproblemen schaffte er es ins Badezimmer ohne hinzufallen.

"Ich muss alles nur geträumt haben", redete er sich ein, während kaltes Wasser über ihn strömte. "Das wäre auch zu fantastisch, um wahr zu sein. Ein Alien, das unsere toten Genies wiederauferstehen lässt, ist doch einfach nur absurd, ja geradezu grotesk, haha!" Um den üblen Traum, den er wiederkehrender PTBS aus seinen Kampfeinsätzen zuschrieb, zu vertreiben, sang er lauthals unter der Dusche: "I'm singin' in the rain - Just singin' in the rain - What a glorious feeling - I'm happy again!"

Als er schließlich noch feucht aus dem Bad schlurfte, fand er auf dem Bettvorleger eine Menu Karte von TONYs DINER, auf der groß und deutlich die Zahl 10 prangte. Ein negativer Vergleich kam ihm in den Sinn: So muss sich mein Vater gefühlt haben, nachdem er seinen Einberufungsbefehl nach Vietnam bekommen hatte!

III. Die Audienz

Im Oval Office thronte Donald Trump - aufgrund seines orangen Teints etwas grotesk anzusehen - mit seinen Beratern, unter welchen sich auch seine Lieblingstochter und ihr Gatte befanden. Die Szenerie erinnerte ein wenig an das letzte Abendmahl - nur, dass der General, dessen Uniformknöpfe auf Hochglanz poliert blinkten, die Predigt übernommen hatte. Und bei seinem Bericht hingen alle Anwesenden aufmerksam, ja richtig fasziniert an seinen Lippen. Ähnlich einer Kindergartengruppe, die andächtig ihrer Tante beim Märchenerzählen lauscht.

Ivankas sonst so ausdrucksloses schönes Puppengesicht mit dem Schlafzimmerblick zeigte Verwunderung an. "Unglaublich, dass diese Wesen Tote wie Phönix aus der Asche treiben können."

"Immerhin gelang mir auch schon Unglaubliches", befand der Präsident egozentrisch wie immer. "Es würde zu lange dauern, all die Erfolge aufzuzählen, die ich hatte."

"Ja, unglaublich, dass man ein Impeachment-Verfahren gegen dich anzustreben wagte."

"Vergiss es, Ivanka! Ich könnte mitten in New York jemanden erschießen und würde damit durchkommen!"

"Aber das würdest du nicht tun, Schwiegervater, oder?"

Die Frage von Ivankas Gatten blieb unbeantwortet.

"Jedenfalls war es goldrichtig von denen da draußen, mit ihren Fähigkeiten zu MIR zu kommen!" Nun nahm der Präsident der USA wieder den General ins Visier. "Das Geschenk ist einfach grandios. Haben Sie schon Vorschläge, wer diese zehn Anwärter auf Wiedergeburt sein sollen, Marvin?"

"Ja Sir! Ich habe mir, um Ihnen wertvolle Zeit zu sparen, Mr. Präsident, bereits Gedanken gemacht, von wem noch geeignetes Material übrig ist, und schlage Ihnen folgende Personen vor: Albert Einstein, Thomas Alva Edison, Robert Oppenheimer, Stephen Hawking,

Louis Pasteur, Marie Curie, Wernher von Braun, Alfred Nobel, Niels Bohr,.."

Trump sowie seine ihn umgebende Entourage nickten bei jedem Namen bedächtig. Doch der amtierende Präsident umgab sich eben gern mit einer Mitnicker-Gesellschaft, welche auch alternative Fakten ohne Widerrede akzeptierte.

"Alles klingende Namen von Berühmtheiten, deren geniale Leistungen für die Menschheit ich Ihnen nicht zu nennen brauche, Sir... und Wayne Harris' Sohn, den ganz gewöhnlichen US-Boy eines aufrechten, tapferen Militärveteranen!", meinte Marvin Hobbs zuletzt immer leiser werdend, insgeheim hoffend, dass Trump nach über 20 Jahren nicht mehr wusste, wer das überhaupt war. Doch da unterschätzte der General dessen Erinnerung gewaltig - sogleich hatte 'The Donald' ein genaues Bild vor Augen, eventuell auch, weil man berüchtigte Personen, die es sogar auf das Cover des Time-Magazine geschafft haben, nicht zu vergessen pflegte. Diese brannten sich vielmehr unauslöschlich ins kollektive Gedächtnis ein.

"Eric Harris? Einen der Columbine-Killer? Sind Sie wahnsinnig oder soll das ein schlechter Scherz sein? Warum nicht gleich Charles Manson, Timothy Mc Veigh oder Stalin?" Trumps Tränensäcke schienen unter seinen vor Wut hervorquellenden Augäpfeln etwas zu schrumpfen, In Erinnerung an die Tragweite dieser

Katastrophe schien ihm der Name durchaus geläufig genug, um ziemliche Rage zu verspüren.

Der arme Hobbs fühlte sich Wayne verpflichtet, denn er hatte nie viele verlässliche Freunde und die wenigen treuen davon wollte er nicht enttäuschen. Auch eingedenk des erbarmungswürdigen Anblicks von Erics Mutter improvisierte er einen Grund herbei: "Er sollte doch vor Gericht gestellt werden, um für seine Untat zu büßen. Das würde diesen amerikanischen Albtraum bekämpfen."

"Abgelehnt!"

Hobbs befürchtete schon, Trump, der wie Gottes Zorn aussah, werde ihn gleich Niedrigenergiesoldat nennen, mit dem Finger anklagend auf ihn zeigen und polternd feuern, als er unerwartet Zuspruch aus dessen illustrer Runde erntete.

"Bei allem Respekt, Mr. Präsident, ich finde das eine großartige Idee", lobte ein anwesender Spindoctor - eine graue Eminenz im Hintergrund, hinlänglich gewohnt, die Fäden und alle Register zu ziehen. "Amerika zeigt sich seiner großen Verantwortung voll bewusst und holt einen jungen Schurken aus dem tiefsten Schlund der Hölle, um diesem Massenmörder den Prozess zu machen. Im Gefängnis wird er dann zum geläuterten Bibelfreak, welcher alle für Amoklauf prädestinierten Schüler von ihrem Vorhaben abhält! Ha, damit ist unser Imperium von einem seiner Traumata befreit, wir sind als

Gerechtigkeitsfanatiker verewigt und können dank dieser famosen Technologie, von der wir ja nicht verraten müssen, dass sie von Aliens nur als kleines Präsent gedacht war, unsere Vormachtstellung in der gesamten Welt völlig ohne Waffen festigen!"

Dieses raffinierte Plädoyer überzeugte Trump, der mit dem rechten Zeigefinger und Daumen einen Kreis formte. "Diese Wahl ist ein genialer Schachzug! Damit können wir öffentlich allen Feinden beweisen, dass Amerika unbesiegbar ist. Genehmigt!"

Erleichtert leitete der General sogleich die nötigen Exhumierungen in die Wege, was bei seiner ihm verliehenen Macht kein Problem darstellte.

Bald darauf stand ein weiteres Treffen von Marvin Hobbs mit dem mysteriösen Mr. Södluf an, der ihm seine Landung per WhatsApp ankündigte. Dieses Mal auf dem weitläufigen Gelände der Area 51 - korrekt bezeichnet eigentlich Groom Lake -, jene Militärbasis, die berühmt dafür war geheim zu sein. Tatsächlich tauchte zum vereinbarten Zeitpunkt von oben herab ein UFO auf, welches keinen Schatten warf. Wie es wohl im All die Zeit krümmte, so mochte es innerhalb der Atmosphäre einfach die Sonnenstrahlen krümmen, so, als wäre es nicht vorhanden. Södluf landete mit seinem chromfarbenen Shuttle sanft, ohne Lärm zu verursachen oder Staub aufzuwirbeln. Dessen futuristisches Design wies zwei praktische ausfahrbare Förderbänder auf.

Hobbs und die diensthabenden Offiziere staunten nicht schlecht. Södluf stieg aus und reichte Hobbs, der in seiner Uniform strammstand, die Hand wie einem Kameraden. Sein Overall glänzte heute silbern, ähnlich Lametta auf dem Christbaum. Die herrschende drückende Mittagshitze schien ihm nichts auszumachen, während den uniformierten Menschen der Schweiß aus allen Poren trat.

"Wie geht es Ihnen, lieber General?", erkundigte er sich artig mit scheinbar echtem Interesse.

"Danke gut, und selbst?"

"Wir kennen nur gute Stimmung!"

"Dann darf ich Ihnen nun das bewusste Material aushändigen." Feierlich übergab er ihm aus einem Truck die Urnen samt der passenden Kleidung der kremierten Auserwählten, die bald wieder auf Erden wandeln sollten.

Södluf tat alles auf das eine Förderband, welches die Dinge schnell und lautlos ins Innere seines Shuttles einzog.

Die Offiziere luden inzwischen die vermodert riechenden Särge mit den Gebeinen der restlichen Toten auf das andere Förderband, sahen perplex den entschwindenden Totenschreinen nach und fühlten sich dabei, als wären sie bei ihrer eignen Beerdigung. In der

Nähe des Shuttles spürten plötzlich alle trotz strahlendem Sonnenschein eine eisige Kälte, die ihnen Schauer über den Rücken jagte.

"Da wäre noch etwas", bemerkte der General so beiläufig wie möglich. "Eines der Genies war durch die Krankheit ALS gelähmt, ist es von mir unverschämt, auf seine Gesundheit zu hoffen?"

"Durchaus nicht, Krankheiten sind kein Thema für uns. Das wäre es dann also, wir sehen uns morgen um dieselbe Zeit hier."

"So schnell?"

"Sicher, dachten Sie etwa, wir benötigen Jahre für so einen einfachen Vorgang?"

"Äh-nein, nur einige Tage..." Wieder stieg sein Blutdruck ob dieser unglaublichen Skills, über welche diese überlegenen Fremden verfügten. Nicht auszudenken, wenn sich solche Individuen gegen die Menschheit zu stellen gedachten...

Das Shuttle hob mit enormer Geschwindigkeit ab - es sprang vielmehr hoch und war plötzlich nicht mehr zu sehen. Konnte es in eine andere Dimension übergewechselt sein?

"Einfach gigantisch!", stellte einer der Offiziere bewundernd fest.

"Wenn Einstein wiederkehrt, können wir vielleicht auch den Tod besiegen und derartig grandiose Leistungen vollbringen", meinte ein anderer, der immer noch in die Richtung nach oben starrte, in welche das Shuttle verschwunden war und sich auf einmal eine Wolke zusammenbraute.

Der Gedanke, so wie diese Fremden ewig leben zu können, verursachte Marvin ein Gefühl, welches er einmal während eines nicht enden wollenden Kampfeinsatzes im Golfkrieg erlebt hatte. Eine Flucht in den Tod würde es dann nie mehr geben...

IV. Die Wiederkehr

Pünktlich am nächsten Tag landete das Shuttle wieder am vereinbarten Ort und die zehn Kandidaten stiegen hinter Södluf aus, der ihnen voraus zu Hobbs eilte. Sie machten keinen verstörten Eindruck, der zu erwarten gewesen wäre, wenn man nach langer Zeit des Todes wieder die irdische Welt betritt und sich womöglich fragt, wie man denn nun leben sollte. Im Gegenteil sahen alle ziemlich zuversichtlich aus, sehr selbstbewusst und - so schien es jedenfalls - voller Tatendrang. Niels Bohr befand sich in angeregtem Disput mit Louis Pasteur. Robert Oppenheimer rückte akribisch seinen Hut zurecht und wirkte irgendwie aus der Zeit gefallen. Stephen Hawking bewegte sich agil ohne seinen Rollstuhl - kaum wiederzuerkennen - munteren Gesichtsausdruckes fort. Albert Einstein dagegen sah ziemlich alt sowie gebrechlich aus; leicht verwirrt blickte er herum, kratzte sich am Hinterhaupt und hustete leise. Marie Curie klopfte ihm fürsorglich auf den Rücken. Sogar an eine kleine Handtasche für die einzige Dame der illustren Runde hatte der General gedacht. Darin befanden sich Puderdose, Lippenstift, Kamm und Handspiegel. Der Rotton des Lippenstifts stand Madame Curie ausgezeichnet, passte auch zum Farbton ihres Kleides. Albert Einstein hatte sich bei ihr eingehakt und schritt sehr langsam einher. Einem Schatten gleich tauchte dahinter der ehemals rebellische 18-Jährige in sein neu geschenktes Leben ein, großteils noch von dem greisen Physiker verdeckt.

"Na, lange wird der alte Einstein wohl nicht mehr leben", meinte Hobbs enttäuscht, dachte dabei noch, wie dumm es war, Södluf nicht zusätzlich um die Jugend dieses Genies zu bitten.

"Doch-doch, er ist wie die anderen neun unsterblich", sagte Södluf fröhlich mit einem Hauch von Stolz in der Stimme.

"Ach, davon haben Sie aber nichts erwähnt." Hobbs fiel aus allen Wolken, schien auch körperlich ein wenig zu verfallen, respektive leicht in sich zusammenzusinken. Er fühlte sich so, als hätte man ihm das Trojanische Pferd unter den Hintern geschoben und würde nun auf den Ritt des Generals um sein Leben warten. Wie bei einem

Rodeo, nur ohne die Rodeo-Clowns, die zu Hilfe eilen, wenn es eng für den abgeworfenen Reiter wird.

"Ich hielt es für selbstverständlich; was wäre das für ein Geschenk, wenn es bald wieder verginge?" Södlufs Stimme, die nur wenig Modulation zuließ, hörte sich etwas irritiert an. So, als hätte er eine völlig andere Reaktion von Hobbs erwartet.

Mulmigen Gefühls sah Hobbs verstohlen von Einstein, der einen viel zu großen Anzug trug, zu Eric Harris im schwarzen RAMMSTEIN-Shirt - die Schrift so Rot wie das Blut seiner Opfer. Dieser zornige junge Mann setzte eben sein charmantes Lächeln auf, als könne er kein Wässerchen trüben... Was, wenn er nach dreimal lebenslänglich freikäme? "Und-äh altern sie normal?"

"Nein, bei Unsterblichen läuft kein normaler Alterungsprozess ab", erklärte Södluf. "Sie entwickeln sich körperlich nicht mehr weiter. Ihren geistigen Fähigkeiten sind dagegen keinerlei Grenzen gesetzt."

"Na, das stimmt mich auch nicht gerade optimistisch. Können Sie die Zeit auch wieder zurückdrehen?"

"Ein Retour-Lauf ist zwar möglich, aber den vermeiden wir, denn er ist dem Retour-Hunger ähnlich. Kein angenehmer Vorgang, die Nahrung wieder von sich zu geben. Sind Sie mit dem Geschenk etwa unzufrieden?" Nun sah Södluf empört aus, wie jemand, dem man das gerade erhaltene Weihnachtspräsent retourniert, oder dessen Verpackung reklamiert.

"Naja, bei dem einen, da bin ich mir nicht ganz sicher- äh, aber er ist ja nun nicht mehr totzukriegen, oder?" Es war ein Fehler Waynes Wunsch zu erfüllen, dachte er ad hoc, ich glaube, damit tat ich weder der Menschheit noch unserer Nation einen Gefallen.

"Nein, wir können ihn jedoch wieder mitnehmen", schlug Södluf vor. "Wir setzen ihn auf einem anderen Planeten aus, sollte er Sie oder andere stören."

"Dürfen wir uns das noch überlegen?" Hoffnung keimte in ihm auf.

"Sicher, es ist zwar ungeplant, dennoch kann ich in 30 Jahren wiederkehren", versprach Södluf und lächelte triumphierend, als er schon eilig sein Shuttle besteigen wollte.

"Das erlebe ich wahrscheinlich nicht mehr!"

Södluf blieb stehen, die Füße wie ein Tänzer leicht versetzt, erwiderte er: "In Ihrer Bibel steht doch 'euer Leben währet 70 bis 80 Jahr', Kampfeinsätze gibt es für Sie keine mehr und bei Ihren Genen haben Sie sogar noch länger, mein Lieber! Sie müssen nur zivilen Schießereien leicht misanthropischer Leute ausweichen!"

Davon irritiert überlegte sich Hobbs, wie man Harris wohl Herr werden könne, falls Södluf sein Versprechen -

aus welchen Gründen auch immer - nicht halten würde. Eventuell fiele Einstein dann eine profunde Lösung für das sich entwickelnde Problem ein oder auch Oppenheimer, der schon die Atombombe erfunden hatte. Und Eric zeigte unentwegt das umwerfende Kampflächeln eines Psychopathen, welcher alle erwünschten Antworten auf heikle Fragen implantiert hatte, offensichtlich keiner Fliege etwas zuleide tun konnte und einem Musterschüler beim Schulausflug glich.

Ein sich steigerndes Unbehagen ergriff den General, der sich nun zwangsläufig fragte: wird Eric später zur Freude der NRA wieder bevölkerungsreduzierende Maßnahmen ergreifen oder doch seine zweite Chance nützen, nachdem er sich mit seinen Eltern in aller Ruhe gründlich ausgesprochen hat? Schließlich war er ein intelligenter Einser-Schüler mit technischen Fähigkeiten, die über Rohrbomben-Bauen weit hinausgingen. Überdies fanden sich Psychopathen erfolgreich in den höchsten Ämtern...

Während neun der Auserwählten in einen bereitstehenden Bus einstiegen, schlenderte Eric grinsend auf den grübelnden General zu. Mit seiner schmächtigen Statur wirkte er so harmlos wie der nette Junge von nebenan, den man gern zum Kartenspielen einlädt.

"Hello! Ging es in dem Gespräch mit dem Freak um mich?"

"Eric, ich will ganz ehrlich sein: du bekommst einen fairen Prozess und eine lange Haftstrafe, in der du deine Tat büßen musst."

Schlagartig verfinsterte sich dessen Miene. Zornesröte stieg auf seine Wangenknochen, doch seine Worte sprach er ruhig aus. "Ich will auch ganz ehrlich sein: wenn ich im Gefängnis lande, bekommen Sie und Ihre Fuck-Family die Körper so voll Blei gepumpt, dass ihr per Schwertransport zum Altmetall-Depot gekarrt werden müsst!"

Der Satz fühlte sich an wie ein Tritt in die dritten Zähne des Generals. Hilfesuchend starrte Hobbs in den Himmel…

Dem Schauspiel der Wiederkehr Verstorbener zollten auch andere Beiwohner Bewunderung. Zwei Rekruten waren zu dem denkwürdigen Akt abkommandiert, welche den tieferen Sinn der Wiederbelebung eines Straftäters freilich nicht durchschauten. Doch Soldaten mussten noch ganze andere Vorgänge für das Gemeinwohl tolerieren. Die Presse fehlte natürlich und auch für alle anderen galt ein striktes Fotoverbot, denn Extraterrestrische samt ihren Flugobjekten existierten nicht.

"Sieh dir das an,", bemerkte ein Rekrut zum Kameraden. "Und uns verklickern die ganzen Politik-Schweine immer wieder, wir wären mutterseelenallein im All und Außerirdische gibt es nicht!"

"Das ist nur die offizielle Version", erklärte ihm der andere. "Inoffiziell gab es sie schon immer, doch wir sind ihnen zu primitiv. Einer dieser UFO-gläubigen Esoteriker fragte einmal einen Reporter: würden Sie mit Hühnern reden?"

Daraufhin lachte der erste Rekrut und entgegnete: "Prinz Charles redet sogar mit den Pflanzen in seinem Garten!"

"Der englische Kronprinz ist auch der Sohn einer Reptilien-Queen!", belehrte ihn der andre wieder.

Der junge Harris stieg, sich scheinbar in sein Schicksal fügend, in den Panzerwagen ein, der ihn sogleich ins nächste Gefängnis bringen sollte. Ein flaues Gefühl im Magen, ahnte der General schon, dass ihn die noch kommenden Ereignisse zu überrollen drohten. Der diensthabende Area-51-Oberoffizier kam auf ihn zu und blickte ihn bedeutungsschwanger an.

"Ich hoffe für Sie, General, diese Wiederauferstandenen erweisen sich auch wirklich nützlich für uns, sonst sehe ich schwarz für Ihre weitere Karriere!"

"Ja, ich auch!"

V. Rückkehr in die Normalität

Die Gruppe der genialen neun Wiederauferstandenen wurde in ein hübsches, von der Army rasch angemietetes, eben fertiggestelltes Motel nahe der Stadtgrenze von Las Vegas gebracht. Es bekam daraufhin spontan den Namen 'Genius-Inn'. Das der Wüste abgetrotzte Stück Land bot in Form einer Hazienda einen exklusiven Eindruck. Einige Kakteen und Palmen standen dekorativ im Innenhof herum, das livrierte Personal bestand aus untertänigen mexikanischen Einwanderern, die der englischen Sprache nur begrenzt mächtig waren. Sollte einer von ihnen die Ähnlichkeit der einziehenden Gäste mit zum Teil bereits lange verstorbenen großen Wissenschaftlern erkannt haben, so ließ sich keiner etwas anmerken.

Der große Einstein wurde natürlich von einem mitgereisten Militärangehörigen höflich aufgefordert, seine Theorie bezüglich der Inflation wiederaufzunehmen, worauf er unwirsch sagte: "Wenn Sie etwas von mir wollen, dann sprechen Sie Deutsch mit mir!"

Das war die erste Enttäuschung für den General, als er davon erfuhr, doch die zweite folgte nicht viel später, als er persönlich dem Genie gegenüberstand. Nachdem er einst auch in Stuttgart stationiert gewesen war, konnte er die Aufforderung zur Weiterforschung in Deutsch übersetzen und Einstein damit in dessen Motelzimmer konfrontieren, worauf ihm dieser kühl lächelnd sagte: "Ich wüsste wirklich nicht, was mich weniger interessiert."

Dem General dräute Unheil, das er nicht voraussehen konnte: was, wenn jemanden die Dinge nicht mehr glücklich machen konnten, für die er einmal gestorben ist...

"Aber, Herr Professor, einer der Gründe, Sie von den Toten auferstehen zu lassen, war natürlich Ihre Forschungen zu vervollkommnen."

"Habe ich Sie etwa um meine Auferstehung gebeten?"

Diesem Ungemach der Verweigerung ausgeliefert, suchte Hobbs nach Sätzen, die er nun so überzeugend wie möglich losließ: "Herr Professor, wir haben SIE ausgewählt, nicht nur, weil Sie der Huldigungsstar der Wissenschaft sind, sondern weil Sie der intelligenteste Mensch waren, der jemals gelebt hat."

"Hmmm, Sie wollen mir doch nicht etwa schmeicheln, um mich zur Zusammenarbeit mit Ihnen zu bewegen?"

Vehement schüttelte Hobbs den Kopf. "Aber nein, ich spreche nur über Fakten, denn die Wissenschaft ist sich darüber einig, dass nach IHNEN nichts geistig Bedeutenderes geboren wurde."

Mit einem wehmütigen Zug um den Mund wiederholte Einstein einen Satz, den er zu seiner ersten Lebzeit bereits von sich gegeben hatte: "Wenn ich gewusst hätte, was meine Forschung verursacht, wäre ich Uhrmacher geworden."

Gemächlichen Schrittes verließ Einstein das Motelzimmer und begab sich nach draußen, wo auf dem Parkplatz nur das Auto des Generals stand. Dann wanderte er langsam wieder hinein in den Innenhof und beäugte die dort angepflanzte Flora.

"Herr Professor, bitte", klagte der General, der ihm wie ein Hündchen gefolgt war, beschwörend und verfiel wieder ins Englische, "immerhin hat die Menschheit auch viel Nutzen aus Ihren Ideen bezogen. Es ist doch ganz bestimmt nicht Ihre Schuld, wenn irgendwelche bösen Mächte davon üblen Gebrauch machten. Der Nutzen überwog jedenfalls!"

"Ja, und nun möchte ich einmal auf MEINEN Nutzen schauen!" Kaum hatte er diesen Satz akzentfrei englisch ausgesprochen, ließ er Hobbs einfach stehen und schritt noch etwas weiter weg, wo er den Blick himmelwärts richtete und einigen ziehenden Wolken nachsah. "Ich möchte einen Liegestuhl haben, um mich auszuruhen."

Der General wollte ihm schon sagen, dass er doch im Grab genug Ruhe hatte, doch gab nach und nickte eifrig, um den großen Mann nicht so zu verärgern, dass er den Kontakt total abbrach.

"Weiters benötige ich einen neuen Anzug, Schuhe, Unterwäsche und so weiter, und einen Anwalt, um meine Copyright-Ansprüche für Fotos und Ähnliches neu auszuhandeln."

Das wird zäh, befürchtete Hobbs, hörte jedoch geduldig weiter zu. Das physikalische Genie schien nicht nur äußerst anspruchsvoll zu sein, sondern glaubte anscheinend auch, die Zeit beliebig ausdehnen zu können. Jedenfalls kam es Hobbs so vor, als vergingen die Minuten mit Einstein wie ein langer Winter in Alaska. Doch wer einst über ein solches Phänomen wie die Zeitdilatation sinnierte, der wollte sie augenscheinlich auch in Anspruch nehmen.

"Mein Freund Gödl fehlt mir", säuselte er und adressierte den General mit einem fordernden Blick.

"Es tut mir leid, aber für seine Auferstehung sah ich keinen zwingenden Grund, obwohl das natürlich keine persönliche Wertung ist."

"Natürlich ist es das", wusste Einstein. "Letzten Endes ist alles, was zwischen den Menschen passiert, eine persönliche Tragödie..."

"An Ihnen ist auch ein Philosoph verlorengegangen, Professor!"

"Jetzt reden Sie wie ein Lehrjunge, der zum Mann von Welt avancieren möchte."

Darauf wusste Hobbs keine Antwort und erwiderte nur hektisch: "Entschuldigen Sie mich, Professor, ich muss mich ja eilends um Ihre Wunscherfüllung kümmern! Und verzeihen Sie mir, dass ich Sie aus der Ewigkeit zurückholen ließ. Ich musste das Wohl aller Menschen im Auge behalten."

Kaum hatte er die entsprechenden Anweisungen via iPhone betreffs der Bestellungen Einsteins gegeben, musste er sich Madame Curie stellen. Sie wiederum hatte einen Sonderwunsch, den er ihr niemals zugetraut hätte.

Als sie ihn am Eingang des Motels stehend, zu sich gewunken und ihn am Uniformärmel in den Flur gezogen hatte, verriet sie ihm mit einem betörenden Augenaufschlag: "Verehrter Monsieur le General, ich kann ohne l'Amour nicht leben und will mich verlieben in einen möglichst jungen Mann, ab 18 Jahren. Es wäre so schön, wieder einen jungen, schlanken Körper zu liebkosen!"

"18?" Auch das noch, dachte er, erst von Einstein beleidigt, dann von Curie überfordert. "Sie haben ja schon an Bord des Raumschiffes einen 18jährigen kennengelernt, Madame, wenn sie dem ihre Liebe schenken, käme er auf andere Gedanken."

"Nein, ich will einen normalen Mann!"

"Normal muss er sein?", fragte er und schloss die Augen. Natürlich konnte man Eric Harris nicht als normal bezeichnen, auch nicht zu jener Zeit, als er zuerst gelebt hatte. "Ich werde alles tun, was in meiner Macht steht, um ihrem Wunsch nachzukommen, Madame!"

"Tres charmant, dann will ich mich im Boudoir ein wenig erfrischen", kündigte sie an und eilte schnurstracks in ihr kleines Motel-Badezimmer, wo zu ihrer großen Freude einige Kosmetika für sie bereitstanden, die sie zuerst einmal kritisch einer Geruchsprobe unterzog...

Nun kam dem General im Flur ein Landsmann der Dame entgegen und breitete erfreut die Arme aus. "Mon cher General, mein Name ist Louis Pasteur, SIE dürfen mich Louis nennen, wenn Sie wollen! Man sagte mir, ich verdanke IHNEN mein zweites Leben! MERCI!" Überschwänglich küsste er ihn auf beide Wangen.

Hobbs machte große Augen: "Oh, Sie sind der Erste, der sich bei mir bedankt! Das ist ja direkt ein Ausnahmeerlebnis."

"Oh oui, mon cher Ami, wir Franzosen sind ein freundliches Volk, wenn ich einmal etwas für SIE tun kann, lassen Sie es mich wissen!"

"Wissen Sie, was Ihre Kollegen treiben?"

"Oui, Thomas Edison hat nach der Telefonnummer des Patentamtes gefragt, Niels Bohr nach einem Hufeisen und Robert Oppenheimer wunderte sich, dass die Welt überhaupt noch steht."

"Hm... ein Hufeisen?", wunderte sich Hobbs.

"Oui, er meinte, es bringe ihm Glück und ich sagte: mon cher Niels, Sie werden doch nicht an so einen

Humbug glauben. Da erklärte er mir: Natürlich nicht, aber ich hörte, es wirkt auch, wenn man nicht daran glaubt!" Ohne einen Sonderwunsch genannt zu haben, enteilte Pasteur wieder.

Schweren Gedankens machte sich der General auf den Weg zu seinem Wagen, als ihm Stephen Hawking beschwingt entgegenkam, mit einem sehr spitzbübischen Gesicht.

"Man sagte mir soeben, dass SIE für unser weiteres Wohl und Wehe verantwortlich sind."

Ausatmend nickte Hobbs und erkundigte sich, schon weiteres Übel ahnend, vorsichtig: "Was kann ich für Sie tun, Herr Professor?"

"Nicht viel, ich wünsche sofort nach England zu meiner Familie gebracht zu werden, wo ich fürderhin ein ganz normales Leben führen will."

"Normales Leben?" Der General fiel aus allen Wolken, nicht zum ersten Mal allerdings, doch versuchte so gefasst wie möglich zu entgegnen. "Aber, Herr Professor, ein Genie wie Sie kann das doch gar nicht, was stellen Sie sich denn überhaupt darunter vor?"

Nun wurde die Miene des englischen Physikers zum einzigen Fragezeichen: "Das wissen Sie gar nicht? Sie führen doch wohl auch ein normales Leben."

"Herr Professor, ich bin General der US-Army, ich kenne so etwas wie ein normales Leben leider nicht!", gab Hobbs widerwillig zu. "Oder zumindest nicht, was SIE darunter verstehen."

"Ich verstehe darunter ein Leben mit Frau und Kindern. Und zu denen will ich natürlich sofort zurück!"

Es lag Hobbs schon ganz weit vorn auf der Zunge, dass die Frau längst einen neuen Mann an ihrer Seite haben könnte und die Kinder ebenfalls längst aus dem Haus sind und ihr eigenes 'normales Leben' führen, doch er hielt sich zurück, also seine Zunge im Zaum, und schickte nur vorsichtig voraus: "Es könnte auch sein, dass Sie daheim eine schlimme Überraschung erleben, Immerhin sind Ihre Familienmitglieder nicht alle auf Ihr persönliches Erscheinen vorbereitet. Sie sollten vorher einen Anruf tätigen."

"Das ist eine gute Idee!", freute sich Hawking und eilte zurück auf sein Motelzimmer.

An seiner statt erschien nun Wernher von Braun, der Typus des 'reinen' Wissenschaftlers, dessen fehlender moralischer Kompass ein Baustein seines Erfolges war, lächelte ihn wohlwollend an und meinte: "Ich sagte schon vor meinem Tod, dass die Natur Auslöschung nicht kennt; sie kennt nur die Verwandlung. Alles, was die Wissenschaft mich gelehrt hat und immer noch lehrt, stärkt meinen Glauben an die Kontinuität unserer spirituellen Existenz nach dem Tode."

"Das haben Sie wundervoll formuliert. Weniger Bewanderten jagt der Tod allerdings noch Schrecken ein. Darf ich fragen, wie es nun nach dem Tode weitergeht? So wie bei einem Computerspiel? Können wir dann in ein höheres Level aufsteigen?", erkundigte sich der General vorsichtig wissbegierig. "Oder müssen wir auf der Höhe bleiben, auf die uns die großen Geister wie Sie gehoben haben?"

"Ich muss Sie dahingehend enttäuschen", bekannte von Braun. "Alle diesbezüglichen Erinnerungen wurden bei meiner Auferstehung gelöscht. Anders hätte ein Weiterleben auch gar keinen Sinn mehr!"

"Natürlich, das verstehe ich", log Hobbs mit vergrämter Miene. "Aber- ähem, Sie haben doch sicher eine Meinung über das, was sein KÖNNTE, oder nicht?"

Bedächtig wog er den Kopf, während er sich seine gestreifte Krawatte geraderichtete. "Vergangenheit und Zukunft sind meiner Meinung nach dasselbe, wir können beides nicht ändern, jedoch immer besser verarbeiten."

"Hm, ein Kreislauf also, keine sehr befriedigende Aussicht. Was kann ich nun für SIE tun?"

"Ganz einfach, mich in Ihren Memoiren erwähnen und mir vor allem meinen Posten bei der NASA zurückgeben!"

"Das scheint eine lösbare Aufgabe zu sein. Vor allem, nachdem unser Präsident in seiner unendlichen Weisheit schon eine Space Force gegründet hat, die uns nur die Kleinigkeit von zwei Milliarden Dollar täglich kostet. Ich werde mich sofort und vorrangig darum kümmern, Ihnen Ihren angestammten Arbeitsplatz zurückzugeben", versprach der General, welcher den Denkanstoß, Memoiren zu schreiben, im Gedächtnis behalten wollte, denn er hatte wahrlich genug zu erzählen.

"Das wäre zu aller Vorteil, denn dieses Land hat mich damals sehr dringend gebraucht und - da bin ich mir vollkommen sicher - tut es auch heute!" Wernher von Braun machte einen ausgesprochen selbstsicheren Eindruck und schien sich seiner Wichtigkeit und seines Wissens bewusst zu sein. Die Möglichkeit, längst durch andere Wissenschaftler seines Formates ersetzt worden zu sein, schien er weder in Betracht zu ziehen, noch in aller Ruhe geneigt zu sein, hinzunehmen. "Ich war wirklich gut in meinem Job, erzielte Erfolge und spielte den Wegbereiter für eine Eroberung des Alls. Die Freude, die ich dabei empfand, konnte ich auch anderen vermitteln. Und die Russen haben wir dank meiner Arbeit auch abgehängt. Ganz ohne Space Force!"

Jaja, dachte Hobbs, das hat allerdings auch mehr als genug gekostet...

VI. Nachrichten und ihre Folgen

Der General, der sich zurück in die Area 51 begeben hatte, bekam nun arge Kopfschmerzen, die ihm suggerierten, seine Fontanellen würden sich gleich öffnen, um die schnell anschwellenden Gehirnwindungen an die frische Luft zu entlassen.

"Welches Übel wartet noch auf mich?", fragte er sich leise, während er sich mit der rechten Hand an die Stirne griff, die ihm eine leicht erhöhte Temperatur meldete. Und er sollte sich doch auch noch um die administrativen Dinge kümmern, wie etwa die Ausstellung von Personalpapieren der neuen Mitbürger, mit neuen, dem aktuellen Alter entsprechenden Geburtsdaten, ID-Nummer, Kontodaten und so weiter und so fort... Ihm schienen schon die Sinne zu schwinden angesichts dieser Herkulesaufgabe, denn vom Dienstweg hieß es nicht umsonst, er sei die Verbindung der Sackgasse mit dem Holzweg.

Der diensthabende Oberoffizier kam auf ihn zu und konfrontierte ihn mit einem weiteren Problem: "Verzeihung, General Hobbs, aber die Presse hat Wind von der Sache bekommen und verlangt aufgrund des 'Freedom of Information Act' ein Statement."

"Das war zu erwarten."

"Mit dem Statement müssen wir nicht die Wahrheit preisgeben. Durch den kollektiven Druck beugt sich die Mehrheit ohnehin der angeblichen Wahrheit. Wie es immer schon war und auch in Zukunft sein wird. Die meisten werden allerdings nicht angemessen auf die Verkündung dieser Wahrheit reagieren und in ihrer düsteren Falschmeinung verharren."

"Ja, ja. Ich hatte noch keine Zeit, eine entsprechende Aussendung aufzusetzen. Sagen Sie den lästigen Presseleuten einfach, die zehn Auferstandenen sind das Ergebnis jahrzehntelanger, geheimer Forschung bester US-Wissenschaftler, die nun an der Abschaffung des Todes arbeiten. Weitere Einzelheiten fallen unter allerstrengste Geheimhaltung und werden zu gegebener Zeit veröffentlicht - also in frühestens 50 Jahren!"

Demzufolge bequemte sich der umtriebige Präsident eine Nachricht zu twittern: Ich versprach, die USA wieder groß zu machen! Und es ist soweit: Gottes eignes Land hat dank seiner bahnbrechenden Technologie zehn Verstorbene wiederauferstehen lassen! Wir haben sogar die Technik, um ET heimfliegen zu können!

Die Presse auf der ganzen Welt überschlug sich mit Schlagzeilen, die sonst eher für den 1. April reserviert sein hätten können: Amerikanische Wissenschaftler haben den Tod besiegt! Zehn tote Berühmtheiten wieder zum Leben erweckt! Und in ihren Artikeln berichteten die Reporter auch von den zu erwartenden Querelen, die Hinterbliebene von lieben Toten nun zum Streit veranlassen werden, wie z. B. Verhinderung von Seebestattungen oder die Verteilung von Asche an historischen Orten, sodass diese Toten unwiederbringlich verloren wären. Vorsorgliche Exhumierungen von Leichen, Verprassen des Erbes, damit es der Erblasser nicht etwa zurückverlangen kann, usw...

Kaum hatten diverse Medien diese unglaublichen News veröffentlicht, wonach eine Auferstehung wie Phönix aus der Asche möglich wäre, als es auch schon zu Diebstählen von Urnen kam. Entweder, um dem lieben Toten darin einen Platz auf der Liste der nächsten Aufzuerstehenden zu sichern, oder aber auch um die Asche in alle Winde zerstreuen zu können, um dessen Wiederkehr unmöglich zu machen...

Nun kam auch der Präsident in Zugzwang, denn sein rotes Telefon läutete öfters, am anderen Ende Regierungschefs aus Europa und auch Afrika, welche ihn bedrängten, er möge die Wiederauferstehung längst verstorbener Staatschefs ermöglichen. Darauf konnte er natürlich nicht vorbereitet sein, stammelte etwas von 'America first' und wimmelte alle diesbezüglichen Anfragen vorerst ab.

Das alles spielte sich schnell ab, in Zeiten sozialer Medien und globaler Vernetzung gab es kaum Verzögerungen. Daher erhielt Hobbs auch ziemlich schnell einen Anruf seiner Tochter Susan, während er sich gerade auf der Fahrt zu seinen neun Schützlingen befand.

"Hallo Dad, man hört da so viel Unglaubliches."

"Susan, von dir hörte ich bisher nicht viel."

"Du weißt doch, wie beschäftigt ich bin, ich arbeite 24/7. Auch mein Geld lasse ich für mich arbeiten. Bevor ich meinen nächsten Aktienkauf tätige, wollte ich mich nur bei dir erkundigen, was es mit diesen geheimen Forschungen zur Wiederauferstehung Toter auf sich hat."

"Tut mir leid, mein Kind, aber über Geheimes zu reden, noch dazu am Telefon, wo meine Kollegen von der NSA alles belauschen, liegt mir nicht."

"Du brauchst mir doch nichts zu verraten! Dich in Bedrängnis zu bringen, das fiele mir nicht ein, höchstens meiner lieben Schwester. Nichts davon brauchst du mir zu erzählen, sondern mir nur einen Tipp bezüglich eines simplen Aktienkaufs zu geben. Soll ich Aktien der Kryo-Firma Eternity Life kaufen?"

Ein tiefer Atemzug des Generals folgte. Wie sollte er ihr nur verständlich machen, dass unzählige Glücksritter sogleich auf den Zug der News über die Auferstandenen aufspringen würden und damit das große Geld machen wollten. Ja, dass es einigen sogar gelingen wird, obwohl sie keine Ahnung von den Fakten haben, damit wirklich das große Geld zu machen. Und, dass er wiederum keine Ahnung hatte, wem es gelingen würde, sich zu bereichern, wem es nicht gelingen würde und wer damit total abstürzen würde...

"DAD? Bist du noch dran?"

"Ja, sicher, ich kann es dir wirklich nicht äh-empfehlen, denn es kann sein, dass die nächste Auferstehung erst in späterer Zeit erfolgen wird, mehr kann ich dazu wirklich nicht sagen."

"Hmmm", machte sie. "Ich deute das mal als ein VIELLEICHT?"

"Vielleicht schafft es diese Firma ja tatsächlich, sich mit diesem Hype nach oben zu katapultieren, in die lichtesten Höhen der Aktienberge, aber ich bin keinesfalls ein Anlageberater. Hattest du bisher Glück?"

"Naja, das kann man nicht gerade behaupten. Ich habe bisher ein wenig verloren und wollte dich um eine kleine Zuwendung bitten..."

"Ich überweise dir einige Tausend Dollar", versprach er. "Bist du im Moment verlobt oder single?"

"Single! Die Männer sind doch wie öffentliche Toiletten. Entweder besetzt oder beschissen."

"Susan! Ich bitte dich."

"DU zählst natürlich nicht dazu." Er hörte sie noch laut lachen, ehe sie, noch immer lachend, prustete: "Ich liebe dich, Daddy! Bye!"

"Bye", sagte er und atmete wieder einmal tief durch.

VII. Die Creme de la Creme

Nach langer ermüdender Fahrt mit seinem Buick kam Hobbs endlich zu dem bewussten Motel Genius-Inn, wo er Einstein gemütlich im Liegestuhl am Parkplatz vorfand, den Blick in die ziehenden, seltsam geradlinigen Wolken, welche Verschwörungstheoretiker Chemtrails nannten, gerichtet.

"Verzeihen Sie, dass ich Sie zu stören wage, Herr Professor, aber wir bedürfen dringend Ihrer Hilfe", richtete Hobbs das Wort an das alte Genie.

Einstein fand es nicht einmal der Mühe wert, den Kopf nach ihm zu drehen und ließ nur genervt verlauten: "Da gibt es so ein Sprichwort bei uns..."

"Ich ahne, welches Sie meinen, doch Gott hält sich mit seiner Hilfe zu oft zurück und daher komme ich nicht umhin, Sie bei Ihrem Ehrgeiz zu packen, Herr Professor. Die Außerirdischen, der Sie und die neun anderen Wiederauferstandenen ihre Existenz verdanken, konnten die Zeit einfach anhalten. Fällt Ihnen dazu eventuell eine plausible Erklärung ein?"

Nach einiger Zeit der Stille meinte Einstein: "Nein."

"Ich hörte einmal, es könnte mit einer Zeitreise klappen, wenn man fähig ist, zwei Schwarze Löcher miteinander zu verknoten", gab Hobbs bekannt.

"Ja, wer fähig ist solche immensen Energien miteinander zu verbinden, der ist wohl auch zu einer Zeitreise fähig."

"Herr Professor, einer der Außerirdischen namens Södluf sprach von Entropie auf subatomarer Basis. Sagt Ihnen das etwas?"

"Natürlich, denn was für Sie nur vage Andeutungen sind, beflügelt mein Talent zur Umsetzung in die Tat. Allerdings sehe ich mich außerstande auf Ihre Wünsche einzugehen, wenn Sie es nicht für nötig befinden, auf MEINE Wünsche einzugehen."

"Ihre Wünsch- ach jaaa", fiel es Hobbs siedend heiß wieder ein. "Selbstverständlich habe ich dahingehend schon lange alles Menschenmögliche für Sie in die Wege geleitet."

"Davon habe ich noch gar nichts bemerkt", stellte Einstein leise fest und starrte immer noch gen Himmel, so als erwarte er die Landung seiner Meister. "Weiß der Teufel, womit Sie Ihre Zeit totschlagen!"

"Oh, ganz nebenbei muss ich noch Pläne zur Vernichtung des persischen Reiches wälzen", verriet der General.

"Alles zu seiner Zeit", warnte Einstein.

"Ich werde den in Gang gesetzten Prozess zu beschleunigen versuchen", versprach der General, wobei

er seine Lüge, schon etwas unternommen zu haben,
sofort in die Wahrheit zu verwandeln gedachte.

"Tun Sie das, dann werde ich nachzudenken beginnen,
wie wir die Zeitreise für Menschen ohne
Kolateralschäden in die Tat umsetzen können."

"Sie schrieben einmal, dass das Bermudadreieck ein
Portal für Außerirdische sein könnte."

"Ich schrieb viel, was ich nicht zu beweisen vermochte,
Worte auf Papier wie Wolken in den Himmel", flüsterte
er selbstvergessen.

"Der Himmel ist der einzige manifeste Zugang zur
Unendlichkeit. Deshalb fasziniert er Sie, Professor, hab
ich Recht?"

Nun wandte ihm der Professor lächelnd das zerfurchte
Gesicht zu. "Ich hege Zweifel an der Unendlichkeit des
Alls, allerdings keine bezüglich der Unendlichkeit
menschlicher Dummheit!"

Das reichte dem General und er eilte von dannen. Und
der gehört zur Creme de la Creme der Wissenschaft,
dachte er bedrückt.

Die einzige der neun infrage kommenden Personen, die
momentan ihrem Weiterforschungsauftrag gerecht
wurde, war die große Marie Curie. Zwar fühlte sie sich
etwas verloren in der neuen Welt, doch agierte sie so
konsequent, wie man es nur konnte, wenn einen die

Realität noch nicht in den Strom des allgegenwärtigen Hedonismus und seinen zahlreichen Verlockungen eingesogen hatte: Ohne viel Zeit mit noch mehr Extrawünschen - außer dem nach einem jungen Mann - zu verlieren, konzentrierte sie sich in einem ihr zur Verfügung gestellten Labor auf ihre Arbeit. Und schon kürzeste Zeit später hatte sie die erste fertige Probe davon anzubieten: eine Creme, die für immer jung halten sollte. Fürwahr ein Produkt, das einem schon zu allen Zeiten aus den Händen gerissen wurde. Doch dieses Mal sollte die Wunder-Creme auch ihren Versprechungen gerecht werden.

Der General hatte im Internet auf einer Plattform junger Männer auf der Suche nach reifen Damen - Looking for Cougars - einen passenden Kandidaten gefunden und suchte sie sofort an ihrer selbst gewählten Arbeitsstelle auf, um ihr die frohe Botschaft zu verkünden. Nachdem er ihr Labor am Charleston Boulevard betreten und zwischen diversen Mikroskopen, Glasröhrchen und Tigelchen erfahren hatte, WORAN sie gerade arbeitete, ließ sein Enthusiasmus merklich nach.

"Sie sind unzufrieden, Monsieur? Sehen Sie mich an, ich habe die Creme an mir selbst getestet und sehe schon viel jünger aus als zur Stunde meines Todes mit 70!" Das stimmte sogar, denn ihr Gesicht präsentierte sich rosig, prall und völlig faltenfrei mit strahlenden Augen und ihr Haar hatte sie dunkelblond gefärbt. Man gab ihr höchstens 49 Lenze. "Und so sehe ich überall am Körper aus, wollen Sie sehen?" Schon wollte sie ihren weißen Laborkittel aufknöpfen, um sich zur Schau zu stellen.

Hobbs fuhr sich mit einer Hand über seine Stirne, um dann zwar gepresst, aber so freundlich wie möglich leise Kritik zu äußern: "Es liegt mir fern, Sie zu inkommodieren, Madame Curie, aber wir haben uns von Ihrem Wirken für uns einen ganz anderen Effekt erhofft."

Mit großen Augen maß sie ihn in seiner schmucken Uniform von oben bis unten. "Was ist besser, als wenn Soldaten nicht altern?"

"Naja, wenn sie zum Beispiel unverwundbar werden."

"Meine Miracle-Cream sorgt für eine gesunde Haut, die sich selbst so regeneriert, dass es keine abgestorbenen Zellen mehr gibt. Wie sagte schon Coco Chanel 'eine Frau kann nie älter als 39 werden'. Und bald gilt das für Männer ebenso!"

"Wie schön, wenn Sie eine Age-Reverse-Creme erfänden, dann könnten Sie sich einen älteren Mann auf die Jugendlichkeit zurechtcremen, die sie bei der Männerwelt bevorzugen", wies er sie zurecht, was er sogleich bereute.

"SALAUD!", schimpfte sie mit Wangen so rot, als hätte sie diese eben mit dunklem Rouge gepudert.

Hobbs verstand zwar nicht genau, was sie ihn hieß, kramte aber eilends das Bild sowie die Kontaktdaten des jungen Liebeskandidaten für sie aus seiner Hosentasche heraus. "Hier, Madame Curie, dieser Bursche vergeht schon vor Begehren nach Ihnen!"

"Äh-oui?" Etwas ungläubig nahm sie das ausgedruckte Foto eines blonden Schönlings entgegen und betrachtete ihn.

"Wissen Sie was, Madame? Wir füllen Ihre kuriose Erfindung in schöne Plastikdosen und verkaufen diese unter dem Namen Curies Creme an alle alterslosen Damen und Herren, während Sie mit dem Objekt Ihrer Begierde auf Urlaub düsen!"

"Mais oui! Nach Venedig, wenn das noch möglich ist!", freute sie sich.

"Jaja, es ist noch nicht ganz versunken, aufgrund der letzten Überschwemmung auch nicht mehr so überlaufen. Ich leite alles in die Wege! Au Revoir, Madam!"

Zum Glück hatte der General genügend Kontakte, unter denen sich Fabrikanten, Lieferanten und Werbestrategen befanden. Nach drei Anrufen schon hatte er einen für die Kosmetikmittelherstellung nach dem Rezept der fleißigen Chemikerin gefunden, einen für den Vertrieb der Creme im In- und Ausland und einen für deren Bewerbung in Print- und Rundfunkmedien. Und als die verjüngte Chemikerin mit einem Köfferchen in der Hand ihr Labor an seiner Seite verließ, chauffierte er sie zum ebenfalls telefonisch vereinbarten Treffen mit dem Kandidaten namens Elmar, einem Mathe-Studenten im 17. Semester, der in löchriger Jeans und schwarzem Pantera-T-Shirt pünktlich aufkreuzte und die Nachricht von einer Venedigreise mit einem zahnlosen Grinsen aufnahm. Zwar schien offenkundig, dass er sein Profilbild mit Photoshop stark geschönt hatte, doch störte das Madame Curie nicht. Wer weiß, eventuell konnte sie auch eine Creme zum Nachwachsen ausgefallener Beißerchen zusammenmixen. Außerdem verlieh ihm eine leichte Ähnlichkeit mit Kurt Cobain in dessen Endphase einen verwegenen Anstrich.

Eine Sorge weniger, dachte Hobbs, der sich nun um den NASA-Job für Wernher von Braun bemühte. NASA hieß zwar im Volksmund 'not a straight answer', doch die Mitarbeit eines so honorigen deutschen Einwanderers nahmen sie einstimmig an. Stephen Hawking saß auch schon im Flieger nach England und Louis Pasteur nahm im Labor von Madame Curie nun ebenfalls Anstrengungen auf, etwas Nützliches für die amerikanische Gesellschaft auf den Weg zu bringen. Niels Bohr und Alfred Nobel hatten sich in ein abgeschiedenes Hotel ins kalte Alaska zurückgezogen, um dort zusammenzuarbeiten. Kurzum: es schien alles ganz gut zu laufen. Und genau das beunruhigte den General, denn seiner Erfahrung nach, ging es noch nie lange gut in seinem Leben - und in dem der ihm Bekannten ebenso wenig...

VIII. Ein Offizier und ein Gentleman

Im Gefängnis verlangte Eric Harris indes ein Gespräch mit einem Army-Vertreter. Auf die Frage, was er von dem wolle, erklärte er, dass ihn die Army kurz vor seinem verhängnisvollen Amoklauf abgelehnt hätte und er nun einen zweiten Anlauf bezüglich einer Militärkarriere nehmen wolle, man solle ihm also einen Offizier zur Begutachtung schicken - einen Recruiting Officer.

Der Wärter schüttelte zwar den Kopf, doch es war in letzter Zeit von solch merkwürdigen, obskuren Dingen die Rede, dass er sich nicht weiter wunderte, sondern sogleich den gewünschten Kontakt mit einem Vertreter der US-Army unternahm. Und dieser kam mit wenig Zeitverzögerung tatsächlich zu einem Besuch bei dem prominenten Insassen - wohl vor allem aus Neugierde. Ein Vorteil schien dabei auch die Nähe zu einem wichtigen Stützpunkt zu sein, jedenfalls saß alsbald ein Uniformierter dem in einer Gefangenenkluft steckenden Eric im Einzelbesucherraum - einer Glaszelle mit Telefon - gegenüber.

"Danke für Ihren Besuch, Sir! Darf ich fragen, mit wem ich die Ehre habe?", erkundigte sich Eric, kaum, dass er den Hörer in der Hand hielt.

"Leutnant Henry Wallace", informierte ihn der Militarist nicht ohne Stolz. Man konnte ihm deutlich ansehen, wie gerne er die Uniform der US-Armee trug. So wie ein Pfau, der ein Rad schlug.

"Lassen Sie mich gleich zur Sache kommen: ich biete mich Ihnen als One-Man-Army an, als Spezialist im Töten", offerierte ihm der junge Harris seine Dienste mit ausgesprochen optimistischer Miene.

Der Leutnant, ein Mann auf der Höhe seiner Kraft, der sich 1999 im gleichen Alter wie sein Gesprächspartner befand, schmunzelte. "Du hast dich damals schon einmal bei uns beworben und wurdest abgelehnt."

"Stimmt, doch ich bin nicht nachtragend und gebe der Army die Chance, ihren Fehler zu korrigieren."

"Die Army macht keinen Fehler", korrigierte ihn Wallace scharf. "Sie führt höchstens die Fehler eines Politikers aus."

"Die damalige Entscheidung ist lang her. Hier und heute kann ich meinem Land jedenfalls sehr nützlich sein." Offenbar gefiel er sich in der Rolle des Patrioten.

"So nützlich wie eine einarmige Schere", höhnte Wallace - in dem Augenblick wirkte er wie Jack Nicholson in seiner Rolle als Simulant im Film vom Flug über das Kuckucksnest.

"Ich versichere Ihnen, dass ich ein NEIN nicht akzeptiere!", insistierte Harris, dem es offenbar um einen Job von Rang und Einfluss ging.

"Das wirst du wohl müssen", erklärte Wallace. "erstens sind deine Bomben in der School-Cafeteria nicht detoniert, zweitens sind elf Tote - keiner davon ein Cop - eine ziemlich magere Ausbeute für einen gut ausgerüsteten Massakristen, und drittens hast du dir beim Abfeuern deiner Pumpgun aus nächster Nähe auf ein Ziel die Nase gebrochen! Damit macht das Abschießen von Feinden zwar weniger Spaß, dafür fiel dir sicher der Selbstmord danach leichter. Fazit: stümperhaft!"

Die ungeheure Arroganz, von der die Wortspenden des Leutnants getragen waren, ließen einen eher schwierigen Charakter vermuten. Wenn nun ein solcher Mann auf ein ähnlich schwieriges Pendant traf, flogen meist die Funken.

"Unterschätzen Sie nie das Potential eines erprobten Killers, Wallace!"

"Selbst, wenn man eine Null potenziert, kommt immer null heraus."

"Dein Glück, dass uns eine Glasscheibe trennt", flüsterte Harris unter einem gedemütigten Verziehen des Mundes und konnte nur mit Mühe einen Wutausbruch unterdrücken.

Seine ausgesandte negative Energie blieb Wallace nicht verborgen. "Du hältst dich für den Größten unter den School-Shootern, doch bist nur eine Fußnote in einer Statistik, ein Fliegenschiss in der Geschichte. Seit Columbine gab es mehr als 200 weitere Schießereien, sie scheinen zum Hobby der Schüler zu gehören!"

"Ihr Weicheier werdet mich und meine überragenden Fähigkeiten noch kennenlernen!"

"Glaube kaum, denn dir fehlen 20 Jahre Erfahrung", ließ Wallace überheblich verlauten, der seine Machtposition zu genießen schien und auch sonst keinen umgänglichen Eindruck erweckte.

"Dafür besitze ich noch immer die Kraft der Jugend und bin unverbraucht und unsterblich, du Wixer!"

"Na, für einen, der aus dem Blechnapf fressen muss und der sich von primitiven Bullen hat einbuchten lassen, reißt du dein Maul ganz schön weit auf, du Gerippe!", konterte Wallace und präsentierte dabei seine gebleichten Zähne.

"Ich hab Zeit, viiiel Zeit!" Nachdem er seinem Besucher noch den Mittelfinger gezeigt und den Telefonhörer gegen die Glasscheibe gedonnert hatte, verließ Eric die Glaszelle.

Mut, Einsatzfreude, Teamfähigkeit und Entdeckergeist gehörten bei der Army zur Grundausstattung der Persönlichkeit. Resilienz und Antizipation natürlich ebenso. Während einige Soldaten sehr viel davon besaßen, wiesen andere nur Spurenelemente davon auf, konnten sich allerdings aufgrund ihrer Zähigkeit und ihres zielgerichteten Zornes auch ganz gut in der Hierarchie des Militärs durchsetzen. Und Wallace gedachte viel weiter die Karriereleiter hinaufklettern zu können.

"Das Mickermännchen macht mir Spaß", ließ er im Vorbeigang an einem der Aufseher verlauten. "Nehmen Sie es härter ran!"

"Was schlagen Sie denn vor? Ihm den Pudding zum Nachtisch zu streichen? Waterboarding gibt's ja leider nur in Guantanamo!"

Diabolisch hob Wallace die Augenbrauen, als er flüsterte: "Es reicht, wenn Sie ihm etwas CO in die Zelle pumpen, denn chronische Exposition niedriger Kohlenmonoxidkonzentration führt schnell zu Depressionen. Dann erhängt er sich mit dem Leintuch, ganz alter Trick!"

Das ist mir ein Herzchen, dachte der Aufseher, wundert mich, dass wir mit solch hinterhältigen Kämpfern so viele Kriege verloren haben.

Der elegant gekleidete Louis Pasteur hatte es sich inzwischen in Madame Curies Labor gemütlich gemacht und tüftelte eifrig an einer Mixtur herum, von der er selbst noch nicht wusste, was sie eigentlich bewirkte. Da er als Unsterblicher praktischerweise keine Todesgefahr bei der Prüfung der Wirkung in Kauf nehmen brauchte, testete er sein Gebräu einfach persönlich und fand, dass es ausgezeichnet mundete.

"MMHMM, das wird der Hit", freute er sich euphorisch. "So glänzend gelaunt war ich schon seit meiner Auferstehung nicht mehr. Damit mache ich Coca-Cola-Alkopops obsolet. Denn obwohl kein Alkohol in meiner Mixtur befindlich ist, schmeckt sie nach Sekt und wirkt auch so, magnificent!"

Mit Hilfe von Hobbs, der wieder einmal seine Beziehungen spielen ließ, obschon er wieder nicht sehr glücklich mit der Produktwahl schien, konnte Pasteur für seinen neuen Anti-Alkohol als Drink, der weder Promille noch Kalorien intus hatte und dennoch super schmeckte sowie berauschend wirkte, einen Getränkevertrieb finden. Da dieser Vertrieb vorwiegend den arabischen Raum belieferte, nannte Louis sein köstliches Gesöff einfach 'Nefertitis Nektar', im Gedanken an einen im arabischen Raum wohlklingenden Namen. Der Export konnte leicht angekurbelt werden und die Werbung hatte leichtes Spiel, den Trinkern den neuen Saft schmackhaft zu machen. Mit dem Hinweis, dass dieses köstliche Getränk die Leber nicht im mindesten schädigen könne, ja diese sogar entgiftete, konnten gleich zum Start Rekordumsätze getätigt werden, die eines so fleißigen Gentlemans wie Louis Pasteur auch würdig waren.

IX. Ansprüche und ihre Erfüllung

Ein Rekrut näherte sich dem General in dessen Büro, salutierte und meldete zackig: "Pardon me, Herr General, Einstein wünscht Sie dringend zu sprechen."

Was blieb ihm also übrig, als sich persönlich in das Genius-Inn-Motel zu bemühen, um dem Physik-Genie sein Ohr zu leihen.

Der greise Professor saß in seinem Motelzimmer in einem weißen Bademantel, der wunderbar zu seinem weißen Haar passte, an einem Tisch und hatte vor sich neben einer Kaffeetasse eine Liste liegen. Ohne viele Höflichkeiten begann er sofort bei Eintritt des Generals - auf Englisch - Forderungen zu stellen: "Ich benötige erstens einen gut sitzenden Feiertagsanzug in Schwarz, ein weißes Hemd und passende bequeme Schuhe - ohne Socken. Auf die habe ich schon in meinem ersten Leben gern verzichtet. Zweitens ein Haus mit Garten und einer Köchin, die deutsche Hausmannskost zubereiten kann und nicht viel redet. Aber ich nehme an, dass für alle Angestellten Schweigepflicht über Privates der Herrschaft gilt. Drittens eine Frau, die nichts von Physik versteht, da meine erste Frau leider zu viel davon verstand. Es versteht sich von selbst, dass es keine käufliche Frau sein darf! Viertens..."

Während er weiterredete und nach jedem verlautbarten Punkt immer ein Häkchen mit einem Kugelschreiber auf seiner Liste machte, hatte sich der General bereits gedanklich ausgeklinkt und bedauerte zutiefst, die Einladung von Södluf überhaupt angenommen zu haben.

Einstein gelangte inzwischen an Punkt Siebzehn seiner langen Liste: "Siebzehntens ein Budget von mindestens zwölf Millionen D-Mark."

"Verzeihen Sie, dass ich Sie unterbreche, Professor, aber in Deutschland hat die EU bereits auf eine neue Währung umgestellt, von der unsere Wirtschaftsexperten annehmen, dass sie nicht mehr lange existieren wird, und Ihr Budget ist natürlich - egal ob in Euro oder Dollar - unlimitiert, wenn Sie so gütig sind, zu unserem Vorteil zu forschen. Und, Professor, ich glaube, es ist auch in Ihrem Interesse, mir Ihre so umfangreiche Liste einfach auszuhändigen und ich tue mein Bestes, um Sie nacheinander abzuarbeiten."

"Werden Sie meine Schrift denn lesen können?" Zweifelnde Blicke trafen den General bis ins Mark.

"Wir finden jemanden, der das kann, sollte ich dahingehend versagen", versicherte ihm der General, der einerseits froh war, dass dieses Genie sich nun doch dazu entschlossen hatte, wissenschaftlich wieder tätig zu werden, andererseits allerdings entsetzt über dessen Ansprüche war. Vor allem der Punkt mit der Frau machte ihm großes Kopfzerbrechen. Es schwebte ihm sogar eine Art von Casting-Show für die zukünftige Gattin eines wiedergeborenen Genies vor. Diese könnte sich zu einem Quotenhit entwickeln. Doch dann verwarf er den Gedanken schnell.

Mit dem von Einstein beschrifteten Stück Papier machte sich Hobbs davon, fuhr in sein Büro, wo er einige Punkte, deren Erfüllung er delegieren konnte, abschrieb und an seinen Adjutanten weiterreichte. Dann stürzte er einen Becher schwarzen Kaffee in sich hinein und rief seine Ex-Frau an, deren Rat er schon früher während noch aufrechter Ehe immer gern in Anspruch genommen hatte. Auch sie hatte ihm früher gern ihre Ansprüche als Wünsche formuliert aufgeschrieben.

"Mary, könnten wir uns ausnahmsweise treffen? Es wäre wirklich sehr wichtig für mich!"

"Marvin, du weißt doch genau, es hat keinen Zweck mehr." Ihre Stimme klang enerviert.

"Nein, ich will keinen Annäherungsversuch mehr machen. Seit du mir gestanden hast, mich für immer verlassen zu wollen, habe ich mich in mein Schicksal gefügt, doch ich bräuchte jemanden, dem ich vertrauen kann."

"Hat es etwas mit diesen Wiederauferstandenen zu tun, von denen in der Presse die Rede war?" Ihre Intuition war schon immer untrüglich gewesen.

"Ja", gab er ungern zu.

"Also schön, komm heut Nachmittag so gegen fünf Uhr zu mir, da sind wir ungestört."

Reminiszenzen seiner Ehe liefen in seinem Gedächtnis ab und ein Spruch von Honore de Balzac kam ihm ebenfalls in Erinnerung, welcher gut passte. In der Ehe muss man einen unaufhörlichen Kampf gegen ein Ungeheuer führen, das alles verschlingt: die Gewohnheit.

Er nutzte die Zeit bis zu seinem Abflug, um die Punkte 13 bis 21 von Einsteins Liste in die Wege zu leiten - darunter auch eine Reise in die Schweiz, deren Staatsbürger Einstein bis zu seinem Tode 1955 war - und konnte es kaum erwarten, Mary wieder zu sehen und zu sprechen. Nach Jahren der Einsamkeit, nur mit seinem Beruf verheiratet und sehr wenigen Freunden gesegnet, welche auch nicht immer Zeit für ihn fanden. Zu Zeiten der Ehe fand er bei ihr immer Trost. Trost im Umgang mit der Unbarmherzigkeit seines Berufes, der Imponderabilien des Lebens, der erhöhten Anforderungen in Zeiten des Neoliberalismus und Hilfe bei schweren seelischen Erschütterungen nach diversen Kriegserlebnissen.

Praktischerweise verfügte die Heimatstadt Hobbs - nur 30 Km von Las Vegas entfernt - über einen eigenen Flughafen, den Boulder City Municipal Airport. So flog er also nach Vermont, wo Marys Domizil nach der Scheidung lag, und ließ sich im Taxi zu ihrem schmucken Haus chauffieren, das sich im Indian Summer so idyllisch und beinah überirdisch zeigte. Die Blätterpracht der Laubbäume spiegelte die gesamte Farbpalette der Natur wider. Punkt fünf Uhr nachmittags erreichte Hobbs ihre Veranda, auf welcher er ihre Mutter in einem Schaukelstuhl antraf, eine friedhofsblonde Dame im altmodischen weißen Häkelkleid - so, als hätte die Natur für sie keine Farbe mehr übrig.

Wie immer, wenn sie ihn sah, erkundigte sie sich hämisch: "Na? Wann werft ihr eure verdammten Bomben endlich auf die öligen Kameltreiber und die Gelbe Gefahr ab?"

"Schwiegermutter, deine Ausdrucksweise ist noch immer nicht politisch korrekt! Dabei wollte ich dich schon in die Rubrik weiblicher Vorbilder einreihen!"

Die resolute Dame, die immer das letzte Wort haben musste, entgegnete ihm aus voller Brust: "Das kannst du ruhig tun, denn wäre ich an deiner Stelle gewesen, hätte Trump keine Chance in der Politik gehabt! Aber du könntest immer noch gegen ihn putschen!"

Mit leicht zur Seite geneigtem Kopf enteilte er ins Haus.

Wenig später saß ihm seine Ex-Frau aufmerksam in ihrem eleganten Wohnzimmer gegenüber - auf sie war immer Verlass gewesen, Durch das offene Fenster wehte ein lauer Wind und der Duft ihrer selbst gezüchteten Rosen. Mit Ausnahme von Einzelheiten, wie dem Auftauchen Södlufs, erzählte er ihr, was bisher geschehen war, von auf ihn einstürzenden Forderungen, denen er kaum gerecht werden konnte, dem wachsenden Erfolgsdruck und schüttelte dann besorgt den Kopf.

"Mary, ich weiß nicht mehr weiter", gestand er ihr bedrückt.

"Das hast du früher auch oft gesagt", erinnerte sie sich gedankenverloren.

"Ja, aber da ging es um berufliche Angelegenheiten, über die ich gar nicht mit dir hätte reden dürfen. Schlimm, wenn man nicht einmal seinem Ehepartner vertrauen darf. Ach, in welcher Welt leben wir nur..."

"In einer, die DU mitgestaltet hast", erinnerte sie ihn.

"Ich bin doch nur ein kleines Rädchen in einem Riesengetriebe!", rechtfertigte er sich. "Und schon Präsident Wilson sagte einmal, wenn man sich Feinde machen will, dann braucht man nur Veränderungen anzustreben."

"Aber doch keine so gewaltigen! Ich habe gleich befürchtet, dass die Auferstandenen Ärger machen! Erinnerst du dich, als ich dir einmal sagte, immer, wenn der Mensch eine neue Technologie erfindet, endet es in einer Katastrophe. Erinnerst du dich an deine Worte darauf?"

"Nein", log er rasch.

"Du sagtest, dann hätte ich auch keinen Staubsauger und Haar Föhn zur Verfügung!", keifte sie ihn vorwurfsvoll an.

Seinen Kopf in die Hände gestützt seufzte er nur.

"Vor allem dieser Harris macht dir wohl die größte Angst", ahnte sie. "So wie du ihn mir beschrieben hast, klingt es fast, als wäre er am Friedhof der Kuscheltiere begraben gewesen."

"Das ist ein passender Vergleich."

"Wie konntest du nur IHN nur für so ein Experiment vorschlagen?"

"Wayne und seine Frau haben mich so inständig darum gebeten."

"Ach, Männerfreundschaften!", stieß sie unwirsch hervor.

"Der Präsident hat es doch genehmigt, er hätte auch ablehnen können."

Nun wurde ihre Stimme spitz und ihr Finger wies anklagend auf ihn. "Jetzt fängst du schon wieder mit der Unart an, die Schuld auf andere abzuschieben."

"Ja, ich habe einen furchtbaren Fehler gemacht. Vor allem, da alle zehn Auserwählten nun unsterblich sind, sowie ihre Schöpfer auch."

"Ihre Schöpfer?"

Bei einer unachtsamen Aussage ertappt, gestand er nun seiner Ex-Frau nolensvolens die ganze Wahrheit des

Besuches einer fremden Spezies, verpflichtete sie jedoch zum Stillschweigen: "Bitte Mary, erzähle das niemandem, es darf nicht publik werden, sonst entsteht eine Massenpanik!"

"Wieso? Dann würden die Menschen näher zusammenrücken und sich den Rassismus für die Aliens reservieren."

"Mit Entsetzen scherzt man nicht!", wies er sie sanft zurecht.

"Es gibt also wirklich Außerirdische und nun sind sie gelandet", überlegte sie und wiegte gedankenschwer den Kopf. "Das bedeutet nichts Gutes..."

"Das bedeutet, dass es zumindest eine andere intelligente Zivilisation im All gibt, die sich mit ihrer Technik nicht selbst ausgelöscht hat, und so ist das Argument, eine hochtechnisierte Gesellschaft könnte sich leicht selbst vernichten, vom Tisch!", folgerte er.

"Das kann genauso bedeuten, dass diese feine Gesellschaft alle ihre Feinde erfolgreich ausgelöscht hat. Die Geister, die wir mit der Voyager-Sonde riefen, suchen uns heim..."

"Keine Geister, nur Gäste, die sich hier ein wenig umgeschaut haben."

"Gastliche Begegnungen erfolgen in der Regel auf dem Prinzip der Freiwilligkeit. Ihr Ablauf ist zwar wenig vorhersehbar, doch man lädt nur ein, wen man gut kennt."

"Ja, das stimmt natürlich, doch mit Södlufs geschenkfreundlicher Rasse haben wir nicht gerechnet und auch nicht mit deren Unsterblichkeit."

"Oh nein", sagte sie entsetzt und sprang auf. "Was meinst du, ist wohl aus deren Unsterblichkeit zu folgern?"

Marvin mochte diese Prüfungssituationen nicht und fragte sich, was sie nun von ihm hören wollte. "Dass sie kein Begräbnis brauchen?"

"Ach!" Nun machte sie eine verächtliche Handbewegung. "Dass diese Extraterrestrischen einen großen Bedarf an neuen Planeten haben."

"Oh..." Darüber hatte er noch nicht nachgedacht. "Aber eventuell vermehren sie sich gar nicht mehr weiter."

"Wie bitte? Das hast du noch gar nicht in Erfahrung gebracht? So kenne ich dich überhaupt nicht, Marvin! Früher hast du doch sonst auch immer alle Fakten gesammelt, gegeneinander abgewogen und dann erst eine entsprechende Entscheidung getroffen."

"Ja, aber Mary, du kannst dir die Situation nicht vorstellen, in der ich mich befand. Ich saß diesem merkwürdigen Mann gegenüber, der einfach so die Zeit anhalten konnte, als hätte er einen alten Video-Rekorder auf Standbild geschaltet, und der Menschheit ein nützliches Präsent aus dem All machen wollte."

"Und da kamst du spontan auf die Idee, zehn Verstorbene auferstehen zu lassen?", wunderte sie sich.

"Nein, das hat ER vorgeschlagen!"

Seine Ex-Frau schlug entsetzt die Hände zusammen und gestikulierte wild: "Da fällt mir das Geschenk der Danaer ein. Was, wenn diese fremden Wesen uns feindlich gesinnt sind? Uns als Irrläufer der Evolution beseitigen wollen? Durch einen bösartigen Doppelgänger innerhalb einer Gruppe von Menschen, die einst viel Fortschritt gebracht hat."

"Um Gottes Willen, daran hab ich nicht gedacht!" Nun erhob sich auch Marvin und schlug sich mit der flachen Hand auf die Stirn. "Mein Gott, du hast völlig recht, Mary, es war total verrückt von mir, seinen Vorschlag einfach anzunehmen. Wenn ich mir ausmale, was er an Hintergedanken gehabt haben könnte. Ich muss schnell handeln!"

"Das sehe ich auch so. Du hast dich da auf einen faustischen Pakt eingelassen und es wird katastrophal für dich, wenn der Tag der Heimholung kommt!"

"Sag so etwas nicht!" Langsam ging er auf sie zu, wollte sie zum Abschied umarmen, doch sie wandte sich ab. "Leb wohl, Mary, und vielen Dank für deine Hilfe!"

Wie ein gehetztes Wild suchte er das Weite und sie sah ihm sorgenvoll nach...

X. Sorgen schon am Morgen

Der Anruf, den Marvin Hobbs frühmorgens erhielt, war mehr als merkwürdig: "Herr General, hier spricht Ed Dundee, Oberaufseher aus dem Nevada-Prison. Entschuldigen Sie die Störung, aber ich hab ja Ohren, die nur die Hälfte von dem glauben, was sie hören. Da geht ein Gerücht um und es besagt die Auferstehung von wichtigen Leuten. Stimmt das?"

"Ja, leider."

"Und einer davon wurde bei uns eingeliefert, richtig?"

"Ja, kommen Sie endlich zur Sache, Mann!" Der General konnte es auf den Tod nicht ausstehen, wenn ihm jemand schon zu Tagesbeginn die Zeit stahl.

"Gut: kann sich so ein Wiederauferstandener unsichtbar machen?"

"Nein, äh-wie kommen Sie denn darauf?"

"Weil Eric Harris leider aus unserem Gefängnis verschwunden ist, wenn er sich also nicht unsichtbar machen kann, dann ist er uns entwischt." Die Stimme Dundees klang ruhig, gar nicht so, als müsste er sich jetzt Sorgen um seinen Job machen. Eventuell dachte er auch, niemand würde sich um seine schwierige Stellung bewerben.

"Das darf nicht wahr sein, verdammt noch einmal", fluchte der General im Überschwang der Gefühle - gemischte Gefühle - teils Sorge um seine Familie, teils Hass auf Harris, der seinem alten Freund und unschuldigen Leuten so großes Unheil verursachte.

"Tja, wenn es nach mir ginge, ...", sagte Dundee launig. "...dann würde ich alle Verbrecher über der Wüste abspringen lassen, allerdings ohne Fallschirm!"

Hobbs war verständlicherweise nicht zum Lachen zumute. "Hören Sie, er ist gefährlich, warum haben Sie ihn nicht in einer Hochsicherheitszelle festgesetzt?"

"Naja, da muss ihn wohl wer unterschätzt haben, vielleicht, weil er nur aus Haut und Knochen besteht. Von so einem Strichmännchen kann doch nicht viel Gefahr ausgehen..."

"SIE IDI-", mühsam verkniff er sich das Aussprechen eines oft zitierten Schimpfwortes und beendete abrupt das Gespräch, um sofort seine Familienangehörigen zu warnen. Da er sie üblicherweise schwer ans Telefon bekommen konnte, aktivierte er sofort seinen Computer und sandte allen seinen Lieben - vor allem Elaine und Susan - Warn-Mails zu: Sei vorsichtig! Ein entflohener Sträfling könnte versuchen, sich an mir zu rächen, indem er jemanden meiner Familie - also DICH - in seine Gewalt zu bringen versucht!

Dann versuchte er es doch noch telefonisch! "Typisch Frau, wenn man sie anruft, hört man das Besetztzeichen", murmelte er stöhnend.

In einer öffentlichen Bibliothek saß Eric - unauffällig gekleidet - auch vor einem Computer und amüsierte sich, denn er hatte den General richtig eingeschätzt. Er würde sofort seine Töchter warnen und Eric konnte dank seiner Computer-Gewandtheit auf diese Weise ganz mühelos ihre Aufenthaltsorte erfahren. Davor hatte er sich schon in die Daten der Army gehackt, um den Wohnort von Leutnant Henry Wallace zu eruieren, dem er ebenfalls einen Besuch abzustatten gedachte. Außerdem konnte er auch noch die Telefonnummer seiner Jugendfreundin Tiffany, trotz neuen Familiennamens, herausfinden, die er bei nächstbester Gelegenheit kontaktieren wollte, um einige gemeinsame Erinnerungen aufzufrischen. Noch konnte er sich auf keine Reihenfolge festlegen, das Leben sollte auch überraschend für ihn bleiben.

Kaum hatte Hobbs das Gespräch mit seiner jüngsten Tochter Elaine beendet, erhielt er einen zweiten Anruf aus dem Nevada-Prison.

"Hier nochmals Ed Dundee, Herr General, endlich erreiche ich Sie wieder."

"Was wollen Sie mir denn sagen, dass Big Brother geschlafen hat, anstatt Harris zu überwachen?"

"Äh- nein, ich dachte, es hilft Ihnen vielleicht, wenn ich Ihnen den letzten Besucher von Eric Harris nenne: Leutnant Henry Wallace. Mein Kollege erzählte, der faselte wie aus dem Folterlehrbuch!"

"Danke", sagte Hobbs automatisch, obwohl er dem so unvorsichtig gewesenen Gefängnisaufseher lieber eine Standpauke gehalten oder ihm mit einer Trillerpfeife ins Ohr gepfiffen hätte, sodass sich gleich sein Trommelfell ablöst.

Es kostete ihn jedenfalls keine Mühe mit Wallace verbunden zu werden, der ihm bereitwillig den Inhalt des Gespräches mit dem Geflüchteten mitzuteilen bereit war. Unter Militärs fiel manchmal der Datenschutz flach.

"Sie dürfen Harris keinesfalls für blöd halten", warnte Hobbs gleich zu Beginn des Gesprächs den ihm persönlich unbekannten Kameraden.

"Ich würde ihn nicht als blöd bezeichnen, seine Mutter aß nur zu wenig Fischöl während der Schwangerschaft. Daher konnte sich sein Gehirn nicht optimal entwickeln", konstatierte Wallace ernst, obschon er das auch spaßig gemeint haben könnte.

"Mich interessiert ausschließlich, was genau er gesagt hat!"

"Der wollte doch tatsächlich der Army beitreten, im festen Glauben an seine angeblich brauchbaren Fähigkeiten. Dem fehlen außer den Eiern auch noch einige Gehirnzellen. Dieser arme Irre hält sich für unsterblich", amüsierte sich Wallace königlich.

Die Presse hatte bisher noch nichts von der Unsterblichkeit der Wiederauferstandenen verlautbart, sonst wäre ihm das Lachen wohl schnell vergangen - oder er hätte es einfach nicht geglaubt.

"Sie haben ihn doch nicht etwa gereizt?", forschte Hobbs, obschon er die Antwort erahnte.

"Gereizt? Ich habe ihm nur mitgeteilt, dass für Versager wie ihn in unserer Armee kein Platz ist!", teilte ihm Wallace im Brustton der Überzeugung mit. "Mich wundert, dass der damals bei seiner Pumpgun den Abzug gefunden hat und sie repetieren konnte. Der leidet doch am Dunning-Kruger-Effekt. Allerdings kannte er ihn damals noch nicht, denn er wurde ja in seinem Sterbejahr erst publiziert."

"Mit einem haben Sie jedenfalls recht, Leutnant: Eric Harris ist irre! Und Irre sollte man nicht reizen!!!"

Danach rief der General sogleich im Gefängnis an, um bei Ed Dundee zu erfragen, was Eric denn sonst noch so von sich gegeben hatte, nachdem er von Wallace provoziert worden war.

"Ich kann mich nicht erinnern, dass er viel gesagt hat, außer YES, SIR, NO, SIR und OKAY, SIR und so weiter. Lauter nichtssagende höfliche Floskeln. Er schien keiner zu sein, der gegen Normen verstoßen wollte - nicht der typische böse Bube, der die Herzen braver Mädchen zum Schmelzen bringt. Aber Sie werden lachen, Herr General, es sind doch schon die ersten Liebesbriefe für ihn eingetroffen."

"Mir ist das Lachen längst vergangen", bellte der General ins Telefon. "Wie konnte er denn überhaupt unauffällig entkommen, wo er doch sicher einen der grell-orangen Gefängnis-Overalls anhatte?"

"Ach, die Leute sind so unaufmerksam und die Mode wechselt auch immer, da fiel er nicht auf. Sieben Kilometer vom Gefängnis entfernt wurde ein Junkie in seiner Kleidung aufgefunden. Dieser berichtete, er habe früher verwaschene Jeans und ein Greenpeace-T-Shirt angehabt."

"Na wunderbar, diese Freizeit-Kluft wird unsrem Sorgenkind sicher stehen", ärgerte sich Hobbs.

"Jeans und weißes Shirt trägt fast jeder zweite Jugendliche und vor allem am Tag verschmilzt man damit fast mit dem Asphalt", erklärte ihm der Wärter, warum man seiner schwer habhaft werden konnte.

"Und die sieben Kilometer bis dorthin konnte er ungesehen in der grellen Gefängniskluft zurücklegen?"

"Tja...", Dundee überlegte ein wenig. "Heutzutage, in einer Welt, wo jeder das weltweite Netz in der Hosentasche trägt und Zugang zum alltäglichen Irrsinn hat, guckt doch jeder nur auf sein iPhone, anstatt sich der Umwelt bewusst zu sein. Außerdem ist er sicher gerannt."

"Ach, Harris hat Sport immer gehasst!", wusste Hobbs. "Dem dürfte schnell die Puste ausgegangen sein."

"Naja, aber als Unsterblicher hat er womöglich bessere Gene als davor. Der ist jetzt eventuell eine Personalunion aus Kraft, Ausdauer & Schnelligkeit!"

"Hm", machte Hobbs, dem dieser Gedankengang noch nicht gekommen war. Was, wenn der Entflohene nun so eine Art Supermann bzw. Super-Bösewicht geworden war? "Und was stand in den Briefen, die er trotz seines fehlenden gesellschaftspolitischen Bewusstseins bekam?"

"Oder auch wegen seines fehlenden gesellschaftlichen Bewusstsein, die jungen Damen halten das nämlich für Romantik. Also, eine schrieb, soweit ich mich erinnere: Hello Cutie! Schon meine Mutter schwärmte für dich. Du warst ihr Held, der es den Mobber-Schweinen endlich gezeigt hat. Und dann noch mehr solch schwülstigen Gelabers! - Weiß Gott, warum die Weiber solchen Arschlöchern nachrennen. Dieser Breivik in Norwegens Knast erstickt auch in Liebesbriefen. Verstehen Sie, wie eine Frau einen solchen Strichmann Cutie nennen kann,

General? Naja, niedlich ist er höchstens aufgrund seiner mageren Physis."

"Es ist ein großer Irrtum, wenn Sie denken, aufgrund seines niedlichen Aussehens wäre er harmlos. Er ist sehr gefährlich!"

"Das haben Sie uns aber nie gesagt!"

"Ich hielt es für selbstverständlich!" Hobbs erschrak über seine eigne Wortwahl. Hatte doch Södluf dieselben Worte benutzt, als er meinte, die Unsterblichkeit der zehn Kandidaten wäre selbstverständlich für ihn gewesen. Und nun wuchs sich das zu einem Riesenproblem aus...

"Also, eine der jungen Damen schrieb, sie würde zu gern mit ihm kuscheln und, dass sie ihm den besten Anwalt, den es für Geld zu kaufen gäbe, besorgen würde. Ich verstehe das nicht", bekannte Dundee freimütig. "Wer so viel Geld hat, der braucht sich doch keinen Mann, bzw. ein Männchen aus dem Knast kaufen."

"Hm, hat er den Brief bekommen?" Die Hoffnung auf eine Anlaufadresse von Harris keimte in Hobbs.

"Nein, da war er ja leider schon weg. Doch ich halte es für möglich, dass er im Internet nach einer weiblichen Bekanntschaft mit Geld sucht, wo er leicht unterschlüpfen kann. Was sollen wir mit den Briefen machen?"

Dem General drohte der Kragen zu platzen. "Das interessiert mich nicht! Verbrennen Sie sie oder senden Sie alle an seinen Vater!" Damit beendete er das Gespräch und überlegte sich, Wayne aufzusuchen, obwohl er natürlich keinerlei Hoffnungen hegte, Eric dort aufzufinden. Auf der anderen Seite erschien ihm eine Suchaktion durch die Polizei als aussichtslos...

XI. In der Stille der Nacht

Hobbs wusste nicht mehr weiter, nachdem er seinen Freund Wayne besucht und mit ihm über seinen missratenen Sohn gesprochen hatte; in einem Akt der Verzweiflung fuhr er mit seinem Buick Encore ziellos Richtung Wüste, wo er irgendwann anhielt, ausstieg und zum bereits finsteren Himmel hochsah. Sogar die Sterne zeigten sich heute weniger leuchtend als sonst, wo sie doch mangels der Lichtverschmutzung immer so schön strahlten. Die Sterne auf seiner Uniform schienen beinahe heller zu leuchten als jene am Firmament.

Also führte er beide Hände wie einen Trichter zum Mund und brüllte aus vollem Hals: "SÖÖÖDLUUUF!!! KOMM ZURÜCK ZU MIIIIR!"

Im Schutz der Nacht machte sich Eric zur gleichen Zeit an einen Polizisten heran, der eben seine Schicht beendet hatte und sich auf dem Heimweg befand. Dieses Viertel von Vegas bot einen Anblick der Verzweiflung und Tristesse. So eines gab es wohl in jeder US-Stadt. Mit Bewohnern im Würgegriff von Opioiden, um den

Eindruck einer Scheinwelt aufrecht erhalten zu können, und Gangstern, die damit handelten. Den Autoschlüssel für den Privatwagen schon in der Hand haltend, beachtete der Cop nicht den schmächtigen Teenager, der ihm auf leisen Sohlen folgte. Nach einer anstrengenden Zehn-Stunden-Schicht ließ jedoch auch beim Aufmerksamsten die Konzentration nach. Zudem pflegte er noch drei Liter Bier pro Schicht durch seinen massigen Körper zu leiten, was seine Aufmerksamkeit ebenfalls betäubte.

Der Bulle kam Eric gerade recht, denn aufgrund seiner traumatischen Verhaftung 1998 wegen Diebstahls, hatte er mit der Staatsgewalt noch eine Rechnung offen. Die Erinnerung kam klar zurück, als wäre es erst gestern geschehen und der alte Hass war wieder da, denn den Ausdruck Diebstahl befand er als mehr als unpassend für die logische Handlung eines Eigentumstranfers, nachdem so ein Hillbilly-Hinterwäldler seinen Van mitten im Nirgendwo an einem Freitagnachmittag mit wertvollem Inhalt abgestellt hatte! Das allein empfand Eric schon als Verführung Minderjähriger, und die Übernahme durch einen artspezifischen Überlegenen als Delikt zu werten, als eindeutigen Affront. Wenn so ein weltfremder Wixer seine Habe wie auf dem Präsentierteller zur Schau stellte, dann verdiente er es doch nicht anders! Aber wozu hat man ihn verdonnert? Zu einer Revision inklusive eines überfreundlichen Entschuldigungsbriefes an den bekloppten Hillbilly! So eine Frechheit, ärgerte er sich heute noch darüber! Die dunkle Luft um ihn herum fühlte sich spannungsgeladen an, oder aber er verbreitete eine negative Energie, welche sich auch rund um ihn ausbreitete. Jedenfalls merkte der Cop vor ihm nichts davon. Eric konnte seinen Schweiß riechen und das billige Leder, aus dem seine Stiefel gefertigt waren.

Mit einer Weinflasche, die praktischerweise wenig dekorativ am Straßenrand lag, hieb ihm Eric auf den Hinterkopf - gerade beim Abgeben des Funksignals an seinen BMW - und wunderte sich noch, dass sie heil blieb, obgleich er mit solcher Wucht zuschlug, dass er das Genick beim Kontakt knacken hörte. Sie zerbrach nicht einmal, als er sie achtlos wegschleuderte, sondern kollerte nur geräuscharm von dannen. Es schien fast so, als wäre ihm das Schicksal geneigt. Hochzufrieden schleifte er nach der ruchlosen Tat den uniformierten schlaffen Körper seines Opfers in eine finstere Ecke hinter einen großen Müllcontainer.

"Uff", machte er, angesichts der Fülle des Uniformträgers. "Und den Kampf gegen dein Übergewicht hast du auch verloren!" Flugs raubte er seine Kleidung und zog sie über seine vom Junkie stammenden Freizeitkluft. Die ihm zu große Uniform gab ihm sogleich den Hauch einer Respektsperson, vor allem wegen dem kleidsamen Pistolengürtel, welcher dank genügend Löchern an der Gürtelschlaufe genau um seine Hüften passte. Dabei dachte er noch, dass auch der Hauptmann von Köpenick dereinst ganz und gar nicht wie ein echter Hauptmann gewirkt hatte, doch auf den Zauber der Montur stets Verlass war. Zuversichtlich streifte er sich die Handschuhe des Cops über, nahm die abgestreiften Sneakers mit und stiefelte breitbeinig wie ein Revolverheld in den Boots des Cops lächelnd zu dessen Wagen, stieg lässig ein und fuhr los...

Fernab dieser urbanen Szene stierte der General in den Sternenhimmel einer klaren Nacht. Die Luft vibrierte förmlich und ein mystisches Gefühl befiel ihn. Einzelne Sterne schienen ihm nun zuzuzwinkern oder bildete er sich das nur ein, weil er sich eine Kontaktaufnahme wünschte? Ein leises Motorgeräusch lenkte ihn ab, aus der Ferne näherte sich schnell ein Scheinwerfer, schließlich wurde ein Motorrad sichtbar, dessen Fahrer scharf bremste, in schwarzer Lederkluft ohne Abzeichen einer der vielen Gangs von seiner Suzuki abstieg und zu Hobbs schlenderte. Wie so viele Biker hierzulande trug auch er keinen Helm, musterte den General und lächelte dann, als er sich in voller Größe von 1,90 Meter neben ihn stellte.

"Welchen Gott rufen Sie an, Freund?" Sein kahlgeschorener Schädel glänzte im Mondlicht.

"Wie kommen Sie auf die Idee, dass ich einen Gott anrufe, ich könnte doch auch nur meinen Hund gerufen haben", verteidigte sich Hobbs.

"Nein-nein, so verzweifelt wie sie in die Nacht hinausgebrüllt haben, kann es kein Hund gewesen sein. Nur echt Verzweifelte rufen Gott an. Außerdem würde niemand seinen Köter Södlopf nennen."

"Södluf", korrigierte Hobbs. "Nein, der ist kein Gott. Wenn ich Ihnen erzähle, WER er ist, dann halten Sie mich vollends für verrückt."

"Oh, ich bin oft hier draußen in der Einsamkeit, rolle meinen Schlafsack unter dem Sternenzelt aus und sah schon sehr seltsame, verwunderliche Ereignisse." Dabei kratzte er sich seinen 10-Jahres-Bart, welcher ihm bis zur Brust hinunterreichte. Seine ganze Erscheinung hatte etwas Wildes, Unbezähmbares an sich, vor allem die Augen, welche wie flackernde Fackeln in der Dunkelheit wirkten.

"Wirklich? Macht es Ihnen etwas aus, mir davon zu berichten, Mr. .. ?"

"Drew! Drew Plenty! Natürlich nicht. Vor einigen Tagen landete hier eine fliegende Untertasse, die es laut Militär gar nicht geben dürfte."

"Interessant, und sahen Sie auch jemanden aussteigen, Mr. Plenty?"

"Sicherlich, es waren drei komische Gestalten, sahen aus wie schuppige Leguane, allerdings sah ich sie nur aus großer Entfernung im fahlen Mondlicht. Sie bewegten sich danach in hohem Tempo Richtung Stadt."

"Und die Untertasse hob wieder ab?"

"Exakt. Sie zischte fort, lautlos und so rasant, dass ich meinen Sehorganen nicht traute, diese Beobachtung nur für einen Wachtraum hielt." Nun hob er den Kopf und ließ den Blick in die Unendlichkeit des Alls schweifen. "Für jeden lebenden Organismus da draußen möchte ich nur einen Cent haben und wäre bestimmt reicher als Bill Gates."

Mittlerweile hatte Eric dank Navi im Polizistenauto - die neue Technik durchschaute er schnell - den Wohnsitz des störrischen Leutnants erreicht und prüfte durch einen Blick in die dunklen Fenster, ob er sich schon drinnen befand. Nichts. Das Zirpen einiger Grillen verlieh dem Ort den Hauch eines Idylls. Von außen deutete nichts auf eine Alarmanlage hin, der Hausbesitzer zählte wohl darauf, dass sich kein Einschleichdieb in diese abgelegene Gegend bemühte oder auch auf die Annahme, dass IHM sowas nicht passieren könne. Das nächste Haus war weit genug entfernt, um keinen Grund für einen Nachbarschaftsstreit wegen Lärmbelästigung zu geben. Wie fast überall wollte doch keiner etwas von seinem Nachbarn wissen, geschweige denn etwas von ihm hören. Aus einer der Taschen des Pistolengürtels - Policeofficer-duty-utility-belt - löste Eric einen praktischen Metallstift, mit welchem er leicht ein Fenster einen Spalt breit aufspreizen konnte. Gewandt wie eine Schlange ließ er sich in das verlassene Haus des Leutnants hineinfallen, der wohl noch Junggeselle sein musste. Denn darin fand Eric, der sich interessiert mit einer am Polizeigürtel befindlichen Taschenlampe umsah, nur spärliche geschmacklose Möblierung und einen Computer vor, den er eben in Betrieb nehmen wollte, als er ein Auto in die Garage fahren hörte. Rasch knipste er sein kleines Licht in der Hand aus und verzog sich in einen Winkel des Raums.

"Gleich kommt der Show-Down", freute er sich diebisch. "Mit einer Polizeiwaffe einen Militärangehörigen ausschalten... wollte ich schon immer mal machen!"

Das Licht ging an, Henry Wallace stapfte müde herein und erschrak, als er plötzlich einen Uniformierten vor sich sah, der schon eine Hand an seiner Waffe hatte - Wallace selbst trug keine.

"Was wollen Sie?" Aufgrund der Schirmkappe, deren Schatten das halbe Gesicht seines Besuchers verdeckte, erkannte er nicht, WER da vor ihm stand.

"Weißt du, was ich hasse? Leute, die mich nicht wiedererkennen!"

"Harris!" In seinen Augen wich die Überraschung nun dem Respekt. Es fühlte sich für ihn so an, als blickte er in einen bodenlosen Abgrund. Obwohl er sich für ziemlich abgebrüht hielt, überfiel ihn die vorher nie gekannte Furcht, einem irren Bewaffneten hilflos ausgeliefert zu sein, wie dunkle Flocken, die sich in seinem Brustkorb festsetzten und ihm das Atmen erschwerten. Dennoch formten seine Lippen Worte des Erstaunens. "Die Uniform ist dir zu groß."

"Dem, der sie vorher trug, ist sein Bauchfett ins Gehirn gestiegen."

"Was willst du von mir?"

"Dir beweisen, dass auch eine einarmige Schere tödlich zustechen kann. Nenne mir einen Grund, dich nicht zu töten", frohlockte Eric.

"Ich will keine Probleme haben!"

Nun grinste Eric amüsiert. "Das hab ich in meinem früheren Leben schon mal gehört. Und meine Antwort lautet wie damals: du weißt nicht, was Probleme sind!" Seiner Mimik war die Entschlossenheit des baldigen Waffeneinsatzes deutlich zu entnehmen.

"Harris! Tu das nicht! Ich kann dich für einen Spezialeinsatz rekrutieren!"

"Ich glaube dir nicht. Und Frau hast du auch keine. Nicht mal zum Decken kann man dich verwenden!" Blitzschnell zog er die Smith & Wesson aus dem Holster und drückte ab. PENG! Der peitschende Knall des Geschosses hallte durch das ganze Haus.

Die Kugel traf Wallace in die Stirn und riss ihm die Schädelplatte auf, was ihm einen überraschten Gesichtsausdruck noch im Tod bescherte. Der Einschuss verwandelte den Kopf des Opfers in etwas, das aus einem Splatter-Movie hätte stammen können. Unverzüglich sackte der Körper leblos zusammen und verursachte ein dumpfes Geräusch, als er auf dem Fußboden aufschlug. Eine Blutlache bildete sich um den Rest des Kopfes, dessen Augen schreckgeweitet offenblieben und ungläubig an die Decke starrten.

"Und du dachtest, ich sei ein Versager, du Wixer!" Befriedigt steckte er die Polizeiwaffe elegant wieder in sein Halfter. "Auch Leuten mit Pferdegesicht gibt man den Gnadenschuss!" Grinsend stieg er über den Toten hinweg, um in dessen Schlafzimmer zu schlendern.

Zuerst wechselte er seine Kleidung, wobei er sich aus dem Schrank des toten Hausherrn bediente. Seine Vorliebe für schwarze Kleidung musste zurückstehen, denn er fand T-Shirts und Cargohosen nur in olivgrün vor, plus einem Camouflage-Käppi. Die Kleidung war ihm wieder einmal zu groß, also ließ er Jeans & Greenpeace-Shirt weiterhin an und zog die Sachen von Wallace drüber. In der Garage fand er nebst Benzinkanistern, Munitionskisten und ähnlichem Kram des Hausherrn auch ein Fahrrad, auf welchem er zu dem abgestellten Auto des von ihm getöteten Polizisten fuhr und es im Kofferraum verstaute. Besser erschien ihm, den Wagen weiter weg von hier abzustellen und dann per Rad schnurstracks zurück zum Haus von Wallace zurückzukehren. Er musste sich beeilen, denn irgendwer hatte sein Opfer mit Sicherheit schon entdeckt und es lag sogar im Bereich des Möglichen auch dessen Identität. Dann wäre eine Fahndung nach dessen Auto nur logisch, doch so schnell erwartete er keinen Verfolger. Und die

Nacht legte wohlwollend ihre nur durch einzelne künstliche Lichtquellen aufgelockerte Schwärze über ihn, als er langsam durch eine gutbürgerliche Gegend kurvte, in welcher alles picobello aussah. Von der Zufahrt bis zum Hausdach.

Vor einem Haus beobachtete er einen Anrainer, der seinen Wagen per Funk abgesperrt hatte, und nun wirklich noch händisch alle Türen überprüfte, indem er so stark er konnte dran rüttelte. Der Mann, sichtlich schon im Rentenalter, hatte etwas Drolliges an sich. Ach, dachte Eric bei dem Anblick amüsiert, hätten wir nur die natürliche Selektion - wenn man alle Warn- und Verbotsschilder abschraubte - BUMM - wären alle Idioten weg!

Drew Plenty und General Hobbs guckten immer noch in die Sterne, wie zwei alte Astronomen, die sich nach der Supernova von Beteigeuze sehnten. Und Drew erzählte von den Vermisstenfällen in den Nationalparks.

"Erstaunlich finde ich, dass nie irgendein Junkie oder Alkoholiker verschwand, sondern ausschließlich gesunde Leute aller Altersgruppen."

"Und haben Sie sich darauf schon einen Reim gemacht, Drew?"

"Hm, es muss jemand sein, der ganz genau weiß, was er tut und wen er dafür benötigt. Niemanden, der sein Blut mit Alk, Koks oder sonstigem Mist verunreinigt, daher trinke ich mein Budweiser in Strömen und gönne mir auch mal einen Joint, obwohl ich davon immer solche Augenringe kriege!" Er deutete sie mit einer Geste bei sich an.

"Sehr schlau, darum sind Sie sicher noch nie entführt worden."

"Stünde ich sonst neben Ihnen? Es gibt zwar welche, die wieder zurückgebracht wurden, aber nicht jene, die aus den Nationalparks abgeholt worden sind."

"Tja, das ist wirklich merkwürdig."

"Da steckt ganz klar Methode darin, mein Freund! Ich würde ja meinen, dass das Militär schon mit denen da oben verbündet ist."

"Kaum, denn davon wüsste ich."

"Haben Sie die höchste Stufe auf der militärischen Hierarchie-Leiter schon erklommen?"

"Fast. Nein, es kann nur der Fall sein, dass es eine fremde Zivilisation auf das Studium unsrer Lebensweise abgesehen hat", erklärte Hobbs, da er seinen Wissensstand natürlich nie mit einem Zivilisten teilen würde, auch nicht mit so einem sympathischen.

"Wozu sollten sich Fremde für einen von uns verseuchten Planeten interessieren und das studieren?

Aus Langeweile? Aufgrund überschüssiger Energie? Aus Jux & Tollerei?"

"Aus Wissensdurst. So eine Art von Experiment, verstehen Sie?"

"Das wäre allerdings fatal für uns. Wissen Sie, was in Forschungslabors mit den nicht mehr gebrauchten Versuchstieren passiert?"

Nach einem schweren Atemzug verkündete der General: "Natürlich. Doch ich denke nicht, dass sie uns einfach töten wollten, denn was brächte ihnen das schon?"

"Pah, Vergnügen, Genugtuung, präsumtive Ausschaltung einer potentiellen Gefahr..." Drew blickte den General von der Seite her forschend an, so als würde er beobachten, welche Wirkung seine Worte auf ihn haben.

"Das setzt voraus, dass sie uns ähnlich sind. Und wenn Sie Leguane gesehen haben, dann denke ich doch, dass diese ein besseres Benehmen haben."

"Hahaha!", lachte Drew los und der General stimmte mit einem ebenfalls lauten Gelächter mit ein. Das tat ihm wirklich gut...

Nachdem Eric seinen Plan problemlos in die Tat umgesetzt hatte, kehrte er in Wallaces Haus zurück und rief dem Toten zu: "Ich bin wieder zu Hause, Honey!"

Lauthals lachend entwand er dem toten Hausherrn dessen iPhone, hockte sich im Anschluss seelenruhig an den Computer seines Opfers. "Weißt du, was ich liebe?" Dreckig grinsend schielte er zur Leiche. "Einen Zimmergenossen, der seine blöde Fresse hält, haa-haa-haa."

Noch immer lachend tippte er in Erinnerung an die kurze gemeinsame Zeit der Verliebtheit die Nummer seiner Verflossenen ein, die er bereits in Erfahrung gebracht hatte.

"Hallo? Wer ist denn da?", fragte sie verschlafen, scheinbar aus ihren Träumen gerissen.

"Hallo Tiff! Hier ist Eric! Erinnerst du dich noch an mich?"

Kurze Stille, dann ziemlich perplex: "Eric Harris? Du bist auch unter den Wiederauferstandenen?"

"Genau, Süße! Kaum sah ich ein Foto der Klima-Greta, da kamst DU mir in den Sinn. Nur hattest du die bessere Frisur. Erinnerst du dich noch, wie ich meinen Selbstmord gefakt habe, als du Schluss machtest, und ich dich dabei filmte? Deine Reaktion fand ich so possierlich!"

Über ihre Gesichtszüge huschte Erschrecken. "Ich musste mich nach deiner Tat in psychologische Behandlung begeben, um mich davon zu erholen."

"Da lacht mein Herz und das Zwerchfell zieht nach! So ein Psycho-Onkel kann laut Freud auch nur hysterisches Leiden in gewöhnliches Unglück verwandeln!"

"Was willst du? Ich bin verheiratet!"

"Bestimmt mit einem Jock, dessen zentraler Lebenszweck Stoffwechsel und Fortpflanzung sind und der noch nie ein Buch gelesen hat, denn Lesen gefährdet die Dummheit!"

Ziemlich schnell schnappte sie zurück: "DU gefährdest die Menschen in deiner Umgebung!"

"Viele sehen Intelligenz als Gefahr an, dazu besteht bei deinem Gatten sicher kein Grund, der hat in der High-School nur Biertrinken und Ballspielen gelernt! Lass mich raten, er spielt Football!"

"Auch, und was du bestimmt nicht weißt: Sportler sind sehr ausdauernd!"

"Jaja, allerdings klappern nach zuviel Sport die Bandscheiben beim Sex wie Kastagnetten!"

"Davon habe ich noch nichts bemerkt! Ich bin sehr glücklich mit ihm!" Das klang ziemlich trotzig.

"Wirklich? Ich wette, du liegst momentan allein in deinem Bett!"

"Ja, weil er Nachtschicht hat!"

"Naaaachtschicht", wiederholte Eric so, dass es mit seiner schmutzigen Fantasie wie eine verbale Vergewaltigung klang. "Tiffany, ich schenke dir Liebeskugeln mit einer Kamera darin, die Bilder an ihn funkt! Damit er weiß, wie du unterhalb der Gürtellinie aussiehst, Pussy, haa-haa!"

Wut und Scham brannten auf ihrer Zunge und sie keifte: "Lass das sein, Eric, mein Mann ist ein echter Kerl, der sich nimmt, was er braucht! Damit du es nur weißt!!!"

"Z, z, z! Das ist die Art, wie diese Typen meinen sich aufführen zu können, kaum, dass ich den Erdball kurz mal verlassen habe."

Der Satz klang so eindringlich und unwirklich, dass sie eine Gänsehaut bekam und ihr schauderte. "Du bist böse, böse, böse!"

"Süße, du hörst dich an wie ein Papagei! Deine Stimme macht mich fast ein bisschen geil!"

Hörbar schluckte sie und giftete: "Dein Anruf ist zwecklos, Eric, bilde dir bloß nicht ein, wir könnten wieder ein Paar werden!"

"Aber Tiff, ich will doch nichts von DIR! Nachdem du mich altersmäßig überholt hast, würden wir nimmermehr zusammenpassen", feixte er wenig schmeichelhaft. "Jetzt, wo du alt genug bist, meine Mutter zu sein, wollte ich dich nur fragen, ob du eine Tochter hast. Mit ihr will ich

Händchen halten - sie kann auch was Andres von mir halten, hähähä!" In seinem Gehirn führten die Neuronen ein furioses Szenario auf, welches ihm auch körperlich partiell ein HOCH-Gefühl vermittelte.

Nun folgte wieder eine kurze - eventuell schockbedingte - Stille ihrerseits, ehe sie hysterisch in den Hörer fauchte: "RUF MICH NIE WIEDER AN!" Die Verbindung wurde gekappt.

"HAA-HAA-HAA!", amüsierte er sich königlich und warf das iPhone dem Toten zu. "Ich wette, du hättest auch deinen Spaß gehabt, du Wixer!"

XII. Ein Tag zum Vergessen

Am nächsten Morgen bekam Hobbs einen Anruf von Elaine aus Sacramento, wo sie in der Stadtverwaltung als Personalmanagerin eine gute Figur machte.

"Dad, entschuldige die frühe Störung, ich hatte einen Autounfall!"

"Das war Harris! Er ist technisch ausreichend gewandt, um sich in die Elektronik deines Wagens reinhacken zu können."

"Nein, du hast ja Paranoia!"

"Möglich, bei all den Vorkommnissen in meinem Leben wär das kein Wunder! Aber nur die Paranoiden überleben und, selbst wenn ich an Paranoia litte, heißt das nicht, Harris ist an deinem Unfall unschuldig!"

"Pah, ich bin leider ein wenig von der Straße abgekommen, nach einer Party. Der Wagen ist hinüber, könntest du mir ein paar Tausend Dollar überweisen? Ich sitze grade in einem Taxi zu meinem Büro und rufe von unterwegs an. Meine Ersparnisse sind leider aufgebraucht."

Das klang sehr familiär, was blieb Hobbs andres übrig, als zu bejahen, sie noch zur Vorsicht zu mahnen und ihr folgenden Vorschlag zu machen: "Pass auf, Elaine. ich schalte in der New York Times eine Todesanzeige, damit ich mich nur mehr um Susan Sorgen muss. Du weißt sicher, Totgesagte leben länger!"

"Von mir aus, aber überweise mir das Geld so bald wie möglich!"

Elaine war mit ihren 27 Jahren sicher kein Partygirl, doch konnte sie eine Einladung auch nicht immer abschlagen, sagte er sich und hoffte, dass sie wenigstens wohlbehalten ans Ziel kommen würde. Doch bisher hatte sie immer Glück im Unglück gehabt. Daher widmete sich der General wieder seiner beruflichen Hauptaufgabe: die Befriedigung der Wünsche seiner genialen Schützlinge. Einige Punkte Einsteins konnten schon abgehakt werden, Hawking befand sich bereits in seiner Heimat England, Wernher von Braun hatte einen Job bei der NASA, Thomas Edison war eiligst nach Ohio abgereist, Niels

Bohr nach Texas, Madame Curie flitterte sexy in Venedig, Pasteur werkte in ihrem Labor, Oppenheimer und Nobel akklimatisierten sich wohl noch.

Es blieb ihm daher genügend Zeit, um sich seinem Problem Nr. 1 zu widmen: Der Jagd auf Harris.

Für einen Computer-Nerd wie Harris war es natürlich kein Problem, sich in den Account seines Opfers zu hacken. Seelenruhig saß er immer noch in Wallaces Haus vor dessen PC, neben sich einen Hamburger und eine Dose Bier, die er im Kühlschrank gefunden hatte, und las interessiert die Mails vom Militär. Bei der Gelegenheit nahm er im Namen von Wallace eine Woche Urlaub, um sich ein bequemes Zeitfenster zu schaffen und in dem nun - bis auf den Toten - leeren Haus ungestört verweilen zu können. Von hier aus konnte er auch in aller Ruhe seine nächsten Schritte planen. Und davon hatte er einige im Sinn. Vor allem Geldbeschaffung und Racheaktionen an einigen Leuten, die er noch von früher kannte und denen er einen Dämpfer zu versetzen gedachte. Doch eins nach dem anderen, auch ein Unsterblicher konnte nicht alles gleichzeitig und sofort erledigen. Seine einzige Sorge war, dass seine zukünftigen Opfer eines natürlichen Todes sterben könnten.

Da Wallace nicht der Typ war, der einfach so eine Woche Urlaub nahm, machte sich sein Vorgesetzter Sorgen und veranlasste umgehend eine Überprüfung beim Sheriff von Clark County, dem das Las Vegas

Metropolitan Police Departement (LVMPD) unterstand, dessen Motto 'Partners with the community' lautete. Sheriff Tex Garth - ein stämmiger und cleverer Mann - konnte zwei und zwei zusammenzählen und brachte folgedessen den Mord an dem Polizisten, welcher nur in seiner Unterhose und Socken erschlagen aufgefunden wurde, mit dem Fall des Army-Angehörigen, der auf Eric Harris' Besucherliste stand, folgerichtig in Verbindung. Trotz mittlerweile fortgeschrittener Uhrzeit ließ er sich sofort einen Haftbefehl beim zuständigen Richter ausstellen, den er aufgrund von Gefahr in Verzug daheim aufsuchte. Natürlich bekam er ihn und fuhr mit drei Untergebenen in zwei Streifenwagen mit Sirene und Leuchtreklame - so nannten sie ihre Blaulichter - durch den dichten Verkehr bis einige Kilometer vor der Adresse von Wallace, wo die Landstraße frei war und weder Geräusch noch Geblinke mehr erforderlich. Zufällig hatten zu der Zeit gerade nur Männer Dienst als State Trooper. Selbstverständlich gab es genügend Frauen im Polizeidienst, die bei solchen Einsätzen ebenfalls ihren Mann stehen mussten. Diese Damen zeigten sich so selbstbewusst, sogar manchmal in Pausen von der Verzichtbarkeit des Mannes zu sprechen.

Um sich von seinem nun sehr schwierig gewordenen Dasein ein wenig abzulenken, beschloss der General in privater Kleidung - was Einstein wohl Feiertagsanzug genannt hätte - spätabends einen Besuch der glitzernden Casinopaläste von Las Vegas in Angriff zu nehmen. Alle glitzerten so sehr, dass man fast das Wichtigste übersah... Schon viele haben dort versucht, den amerikanischen Traum zu verwirklichen und ebenso viele sind daran gescheitert. Doch Hobbs ging es schon lange nicht mehr darum, einen Traum zu verwirklichen, sondern nur noch um die Bestreitung seiner Existenz. Die einarmigen Banditen erinnerten ihn an die Versehrten des Krieges. Dennoch ließ er einen Schein in einem Schlitz eines dieser Apparate verschwinden und betätigte den Hebel. Eine mechanische Bewegung, von der er sich eine psychische Ablenkung versprach. Die Bildchen, die vor ihm auftauchten, sprachen sein Kinder-Ich an und er freute sich immer, wenn er einen kleinen Gewinn verbuchen konnte. Um das Gewinnen ging es auch im Krieg, nur, dass dabei der Einsatz stets Menschenleben waren... Er schalt sich, schon wieder mit den Gedanken bei seinem aufreibenden Beruf gelandet zu sein, und nahm am nächstbesten Roulette-Tisch Platz. Einer Eingebung folgend setzte er auf den Geburtstag Harris', den 9. April, einige 100 Dollars dreimal hintereinander und siehe da: wenig später war er um 17.000 Dollar reicher. Leider geriet er darob so in Übermut, alles auf Rot zu setzen und sah Schwarz: der Reichtum wurde vor seinen Augen vom Tisch gefegt, er stand auf und schleppte sich müde zu seinem Wagen. Auf der Fahrt heim wäre er beinahe schon eingeschlafen, ehe er noch sein sicheres Schlafzimmer erreichte, wo er hundemüde ins Bett sank.

Kaum hatte er die Augen zu, hörte er ein Gekreische, als wären alle Furien der Hölle ausgeflogen und gegen seine Fensterscheibe geschlagen. Ein Splittern, ein Krachen und ein merkwürdiges Singen SIIIISSSST, gefolgt von einem lauten KNALL, ließen ihn aus seinem Bett springen. Kaum hatte er Boden unter den nackten Füßen, schrie er selbst laut auf, denn er war mit den Fußsohlen auf hunderte Glassplitter getreten. Der beißende Geruch von Schießpulver breitete sich aus wie eine Wolke. Von draußen leuchtete unbarmherzig grell durch das zerbrochene Schlafzimmerfenster ein roter Laserstrahl in sein Gesicht, sodass er sich sofort auf den Bauch warf, wobei ihm die Glassplitter in seine Wampe drangen. Um ihn herum lagen noch etliche und leuchteten im herumirrenden Laserstrahl wie rosa Diamanten. In höchster Not konnte er noch einige Male ein PLOPP-PLOPP hören, so wie durch Schalldämpfer getriebene Kugeln, die über ihn hinwegflitzten. Mit schmerzverzerrtem Gesicht verkniff er sich einen erneuten Aufschrei und robbte in sein Badezimmer, trat dann mit einem blutigen Fuß die Tür zu. In der totalen Dunkelheit stemmte er sich am Rand der Badewanne hoch und bemerkte dabei, dass sich Wasser in ihr befand, ... Komisch, dachte er sich, ich habe mir beim Heimkommen doch gar kein Bad eingelassen. Draußen war Stille eingekehrt und er wagte dann, das Deckenlicht einzuschalten.

Die ungewohnte Helligkeit blendete ihn im ersten Augenblick, ehe sich seine Augen an das Licht gewöhnten und ihm einen entsetzlichen Anblick ermöglichten: die Badewanne war voll mit Blut. Es stank nach frisch geschlachtetem Fleisch und bildete einige Blasen an der Oberfläche.

Um Gottes Willen, dachte er, da ist doch jemand in der Wanne! Langsam kam er näher und entdeckte lange Haare, die sich oben auf der Blutsuppe wie Nudeln schlängelten. Nein, betete er zu Gott, lass das nicht wahr sein, bitte!

Mit einer Hand ergriff er die Haare, welche natürlich blutgetränkt und farblich nicht einzuordnen waren, zog daran und aus dem blutigen Brei tauchte der Kopf von Elaine auf, deren Augen weit aufgerissen anklagend fragen zu schienen: DAD! WARUM KONNTEST DU MICH NICHT BESCHÜTZEN???

Sofort ließ er ihre Haare los, ihr Kopf versank in ihrem Blut und er spülte sich am Waschbecken seine Hände ab. Immer denkend, ja inständig wünschend, dass das nur eine Vision aus seinem Unterbewusstsein sein mochte. Wie sonst hätte Harris es möglich machen sollen, seine Tochter zu töten und sie ihm in die Wanne zu legen-

An der Badezimmertür begann es zu klopfen, zu pochen, zu poltern, als würde jemand mit eisernen Stiefeln dagegentreten. Auch ringsum hörte er laute Klopfgeräusche, wodurch sich einzelne Fliesen zu lösen begannen und herunterfielen. Sogar von unten hörte er laute Geräusche von einem Bohrer verursacht, dessen Umdrehungszahl sich kreischend zu steigern schien. Gefangen wie eine Ratte im Käfig, funkte ihm ein Gedanke durch sein gemartertes Gehirn. Seine sonstigen Visionen vom Krieg und all seinen schäbigen Schauplätzen, kamen ihm gegen dieses verdammt reale Szenario wie ein mieser B-Horrorfilm vor.

Ich muss meine Medikamente nehmen, schärfte er sich ein, eilte zu seinem Badezimmerspiegelschrank, um sich ihrer zu bemächtigen. Doch kaum hatte er das Türchen offen, platzte er entsetzt zurück: darin lag der abgeschlagene Kopf seiner andern Tochter!

XIII. Augen zu und durch

Tief in der Nacht wurde Hobbs schweißgebadet von einem Anruf aus den schrecklichen Albträumen gerissen, die ihn die halbe Nacht lang zu quälen schienen, obwohl es nur wenige Augenblicke waren, in denen er diese Horrorvisionen über sich ergehen lassen musste. Und am anderen Ende hörte er die wohlvertraute Stimme seines alten Freundes Wayne.

"Marvin, ich muss dir leider ein Geständnis machen, denn ich will meinen Sohn nicht länger schützen. Er hat angerufen."

Ist das schon wieder so ein Albtraum, durchzuckte ein Gedanke seine Ganglien, ehe er sich in die Stelle zwischen Daumen und Zeigefinger biss, um zu erkennen, dass er nun wirklich wach sei. "Was hat er dir gesagt?"

"Er hat nicht mit mir geredet, meine Frau war am Apparat."

"Und was hat er ihr gesagt?"

"Dass er uns nicht besuchen kommt. Und dann hat er ihr noch etwas gesagt, was sein Freund Dylan in einem Shakespeare-Zitat seiner Mutter ausgerichtet hat, das heißt, der hat es ihr aufgeschrieben. Auf den Kalender genau an dem Tag, da er wusste, dass er schon tot sein würde, am Muttertag. Da stand also für sie zu lesen: Gute Schöße haben böse Söhne geboren. Ist das nicht ganz ungeheuerlich???"

"Wayne! Er hat ihr doch sicher noch etwas gesagt, das mich betrifft, oder?" Der General hoffte sich zu irren.

"Dass deine andere Tochter auch nicht mehr lange leben wird. Ich las in der Zeitung vom Tod Elaines. Mein Beileid! Verzeih mir den egoistischen Wunsch, meinen Sohn wiederzubeleben, er wird zum Fluch für uns beide."

"Was genau hat er denn gesagt???" Hobbs Pulsfrequenz beschleunigte sich zusehends und er dachte nicht daran, die Finte mit Elaines Todesanzeige aufzuklären.

"Diese Schlampe wird nicht am Leben bleiben!"

"Verdammt, Wayne, langsam verfluche ich den Tag, an dem ich deine Familie kennengelernt habe."

"Marvin, es tut mir leid, ich weiß, dass Eric ein Magnet für Probleme ist. Manchmal dachte ich, er ist ein biologisches Testgerät meiner psychischen Belastbarkeit, doch er hatte auch seine liebenswerte Seite."

"Von der scheint nun aber überhaupt nichts mehr übrig zu sein! Momentan stufe ich ihn als den größten Risikofaktor für Mortalität ein!"

"Wenn er wieder anruft, verabrede ich ein Treffen mit ihm. Ich bin mir sicher, ihn zur Vernunft bringen zu können."

"Bei mir liegt eher die Befürchtung nahe, dass er Vernunft mit Langeweile gleichsetzt. Lass es mich bitte sofort wissen, wenn du ihn triffst, Wayne!" Insgeheim ahnte er jedoch schon die Sinnlosigkeit dieser Bitte, denn sein Freund hielt natürlich zu seinem Sohn wie Pech & Schwefel. Ja, er würde ihn auch nie als Mörder, geschweige denn Massenmörder bezeichnen, sondern höchstens als ungestümen Selbstverwirklicher.

Elegant umschiffte er die Antwort, um nicht lügen zu müssen: "Und welche beruflichen Aufgaben hast du zurzeit, Marvin?"

"Ich muss nach Washington, um dem Präsidenten Rede und Antwort zu stehen, der schon ungeduldig auf bahnbrechende Erfolge der Wiederauferstandenen lauert."

"Da möchte ich nicht in deiner Haut stecken!" Das klang ehrlich.

Auf der Fahrt zu ihrem Ziel ärgerte sich Sheriff Garth: "Zu all den Feindseligkeiten der schon lebenden Kriminellen kommt nun auch noch die gesetzwidrige Aktivität von Wiederbelebten. Das kommt davon, wenn man die Toten nicht ruhen lässt."

Sein alter Kollege Mitch Myers fuhr und fragte: "Man munkelt, der soll angeblich unsterblich sein. Glaubst du das?"

"Wir werden es früh genug herausfinden!"

Myers rümpfte die Nase. "Die Asiaten haben ein Sprichwort. Setz dich an den Fluss und warte bis die Leiche deines Feindes vorbeitreibt. Wäre schlimm, wenn man da ewig sitzen muss..."

"Es scheint fast so, als holte mich die Vergangenheit ein", sinnierte Hank Dolan hinter ihnen im zweiten Wagen auf dem Beifahrersitz, während er sich die Augen rieb. Er sah älter als 38 aus, ihm wehte eine Whisky-Fahne aus dem Mund und er machte einen verschlafenen Eindruck.

"Was hat es eigentlich mit diesem Wiederauferstandenen auf sich?", fragte Ely hinter dem Steuer.

"Weißt du nichts vom Columbine-Amoklauf am 20.April 99 durch Eric und Dylan?"

Ely Prepkin, der Jungspund der Truppe, erinnerte sich: "1999? Da war ich noch im Kindergarten in Kanada. Ich bin ja erst vor acht Jahren hier eingewandert."

Den Blick starr durch die Windschutzscheibe gerichtet, auf welcher sich der Nachthimmel spiegelte, erzählte Hank: "Harris und Klebold waren einander geistig ebenbürtig, verbunden im Hass auf ein High-School Klassensystem, dessen Spitze eingebildete Sportler - die Jocks - und reiche Tussis einnahmen, während sie sich selbst am untersten Ende davon wiederfanden. Doch die zwei rollten das Feld von hinten auf. Mit abgesägten Schrotflinten, einer Tec 9 und 99 Rohrbomben wüteten sie sich in den Ruhm, ehe sie nach zehn toten Schülern und einem toten Lehrer ihres Tuns müde wurden. Entweder war ihr Hass verraucht oder ihnen wurde schlicht das Töten zu langweilig."

"Unglaublich."

"Meine Mutter beschäftigte sich mit Horoskopen", verriet Hank. "Und weißt du, was das Komische an den beiden Schützen war?"

"Du wirst es mir sicher gleich erzählen."

"Nein!"

"Na, komm schon, Hank, sei kein Spielverderber."

"Während Eric Harris gleich fünf Planeten in seinem Geburtshoroskop rückläufig hatte, was immer ein schlechtes Omen darstellt, hatte Dylan Klebold ein Super-Horoskop mit keinem einzigen retrograden Planeten darin. Trotzdem wurde er zum willigen Komplizen eines bösartigen Masterminds, der nie Glück in der Liebe hatte."

"Ist ja ulkig. Ich glaub nicht an Horoskope, hast du ein gutes?"

"Nein, ich habe laut meiner Mom Jupiter und Pluto rückläufig, das ist ziemlich mies."

"Tut mir leid zu hören. Hattest DU wenigstens Glück in der Liebe?"

"Geht so... Ein Mann in Uniform findet immer Anklang."

"Zu welcher Gruppe gehörtest du eigentlich an deiner High-School?"

"In der Las Vegas High-School gehörte ich auch zu den Sportcracks", gab Hank zu. "Wir hatten auch so einen Nerd, der drohte uns die Visagen mit Schrotkugeln zu verzieren und unsre Ärsche mit Dynamitstangen zu stopfen."

"Konnte man nicht gegen den vorgehen?"

"Keine Chance! War ein Politikersohn. Gelatine Donnerit war sein Lieblingswort und das andere war Kalaschnikow! Mit so einer drohte er uns zu durchsieben!"

"So ein Angeber!"

"Er klang sehr glaubwürdig. Nach den verstörenden Fernsehberichten aus Columbine wollte ich gar nicht mehr zurück an meine Schule, doch meine Mom bestand natürlich darauf. Was muss den passieren, dass ich nicht mehr hinmuss, fragte ich sie. Du müsstest sterben, gab sie mir knallhart zur Antwort."

Zeitgleich verteidigte Harris' Vater am Telefon noch immer unermüdlich leidenschaftlich seinen wiedergewonnen, ehemals verlorenen Sohn, doch Marvin reichte es.

"Wayne, hör mir gut zu! Wenn sich Eric nochmals bei dir meldet, dann mach dir ein Treffen mit ihm aus und lass es mich wissen, verstehst du?" Seine Stimme klang beschwörend, es war sonnenklar, dass es auf einen Verrat hinauslief. Er sollte seinen eigenen Sohn in eine Falle locken, was er sich als guter Vater weder vorstellen konnte noch wollte.

Mittlerweile hatte die kleine Truppe des Sheriffs das Haus von Wallace erreicht, in welchem sie Harris zu finden hofften. Sie blieben mit ihren Einsatzwägen in geziemender Entfernung stehen, schalteten die Scheinwerfer ab und stiegen alle aus, nickten einander zu und zogen jeder ihre Waffe. Alle machten einen entschlossenen Eindruck und sahen in ihren schmucken Uniformen wie Stars in einem Thriller aus. Langsam und lautlos schlichen sie sich an und hörten nur ihren Herzschlag, der sich beschleunigte, je näher sie ihrem Ziel kamen. Die Dunkelheit schien ihr Verbündeter zu sein, denn selbst der Vollmond hatte sich hinter einer Wolke versteckt. Das Haus schien bewohnt zu sein, der Briefkasten zeigte sich entleert. Ein Waschbär machte sich in der Hoffnung auf Essbares an der Mülltonne neben dem Aufgang zur Vordertür zu schaffen, floh allerdings, als er die anrückenden Uniformierten erspähte. Ein Fenster stand offen, daraus drang Musik, scheinbar von einer deutschen Band, den keiner konnte den Text verstehen. Nur die hämmernden Akkorde und einige von rollenden Konsonanten begleiteten Vokale drangen an ihre Ohren. Visuell konnten sie nur ein schwaches Flackern ausnehmen, so als würde jemand vor dem Fernsehapparat sitzen.

"Das Fenster sieht mir nach einer Falle aus", flüsterte der Sheriff.

"Ely und ich könnten zur Vordertür rein", schlug Hank vor. Wie immer bei solchen Einsätzen überschwemmte eine Welle Adrenalin seinen Körper wie bei einer Achterbahnfahrt, sodass er meinte, es käme ihm zu den Ohren raus. Per Kopfnicken Garths erhielt er für seinen Vorschlag die Erlaubnis.

Also postierten sie sich an der Vordertür, der Sheriff hockte sich schussbereit vor das einladend offenstehende Fenster und Mitch schlich sich zur Hintertür. Alle verzichteten auf Funksprüche, nur ihre Bewegungen wurden über ihre Body-Cams aufgenommen. Ihre Atemzüge gingen schneller, als wären sie die 100 Meter in neun Sekunden gelaufen und, als endlich Hank mit voller Kraft die Vordertür eintrat, explodierte eine Rohrbombe und verletzte ihn sichtlich schwer. Blut spritzte, sein Kollege Ely fluchte und sprang über ihn hinweg ins Haus, rannte durch den dunklen Flur in Richtung der einzigen Lichtquelle - dem Computer, auf dessen Bildschirm ein Video flackerte. Davor saß die blutüberströmte Leiche von Wallace. Ely streifte im diffusen Licht seiner Taschenlampe und der Waffe im Anschlag weiter durch das Haus, fand es jedoch menschenleer vor - bis auf die Leiche. Schließlich schaltete er das Licht in dem Raum mit Wallaces sterblichen Überresten an und hörte ein Klicken. Instinktiv zuckte er zusammen, bemerkte dann erleichtert, dass an der Decke nur ein Blindgänger hing. Entweder hatte dieser Harris keine Chemikalien mehr für weitere Bomben, dachte er, oder aber er hat sich einfach nur einen Spaß erlaubt. Noch am Anfang seiner Karriere bei der Polizei versuchte sich Ely, in die kranke Gedankenwelt seines Gegners hineinzuversetzen, wo es besser gewesen wäre, dem Hier und Jetzt mehr Aufmerksamkeit zu schenken. Jedenfalls drangen nun der Sheriff und Mitch ebenfalls ins Haus ein, ihre Waffen immer noch mit dem Zeigefinger am Abzug in den Händen,

Beim Anblick der Leiche, deren tote Augen auf dem Monitor des Computers starrten, wo ein Konzertvideo von Rammstein mit jeder Menge funkensprühender pyrotechnischer Effekte lief, sagte Mitch entsetzt: „Oh my God!"

Ely erwiderte: „Ach, rede nicht von Gott, wenn man sowas sieht, dann glaubt man gar nicht mehr, dass es ihn gibt!"

Der Sheriff kam dazu und meinte: „Besser man glaubt an Gott und es gibt ihn nicht, als man glaubt nicht an ihn und stellt beim Tod fest, dass er doch existiert! Verstehst du, was ich meine?"

Missmutig nickte er nur. "Viel Feuerzauber bei der ausländischen Metall-Musik, für jene, die den Text nicht verstehen können. Naja, zum Glück hat unsre Zielperson nur eine funktionierende Bombe hinterlassen und einen Blindgänger." Dabei deutete er Richtung Decke.

Sheriff Garth guckte nach oben und rief: "ALLE RAUS HIER!"

Mitch und Ely folgten dem Befehl natürlich und rannten hinter Garth nach draußen - der junge Ely eher widerwillig als Letzter. Im Augenblick erkannter Gefahr schienen Sekunden in zähe Tropfen der Ewigkeit auszuarten. Bei allen schien sich Blei in den Füßen einzulagern, wie in einem Traum, bei dem man auf der Flucht nicht von der Stelle kommt.

Endlich draußen angekommen behauptete Ely trotzig: "Das war doch nur ein Blindgänger."

Wie zum Hohn zerriss eine laute Explosion im Haus Wallaces Leiche und sein halbes Haus dazu.

"Wirklich?", fragte Garth ironisch. "Er hat einen Zeitzünder gebastelt, um uns alle zu erwischen, während wir um einen Toten trauern."

Beim Wort 'trauern' blickten alle auf den ausblutenden Hank Dolan, dessen geschlossene Augen den Eindruck eines Schlafenden vermittelten. Doch dies war die Realität und kein Film mit Bruce Willis, der Explosionen immer nur mit einem dekorativen Cut im Gesicht überlebte - Hank war aufgrund der heftigen Detonation leider sofort einem Lungenriss erlegen.

Ely flüsterte: "Mein Vater sagte einmal, jeder Mensch hat zwei Leben, das zweite beginnt, wenn man kapiert, man hat nur eins. Jetzt ist's bei mir soweit!"

Angewidert verkündete der Sheriff: "Dieser Harris scheint dazugelernt zu haben. In Columbine sind seine Propangas-Bomben, mit denen er zumindest 700 seiner verhassten Mitschüler töten wollte, nicht explodiert. Solche Fehler unterlaufen ihm nicht mehr."

XIV. Die Konfrontation

In einer Stimmung von Nostalgie war der von sich eingenommene Einstein in die Schweiz gereist, nicht nur, weil er schon in seinem ersten Leben dort im Patentamt gewirkt hatte, sondern weil sich ebendort der LHC befand. Jene umstrittene Maschine, die schon etliche Kontroversen ausgelöst hatte, wie z.B., dass sie Schwarze Löcher erzeugen könnte und zum Untergang unsrer Welt führen könnte, was sich bisher allerdings noch nicht bewahrheitet hatte. Das idyllisch-neutrale Land fand er wenig verändert vor. Die sturen stoischen Eidgenossen machten ihm den Eindruck, als wären sie dieselben, die er schon im vorigen Jahrtausend kennengelernt hatte. Gespannt ließ er sich nach Genf zum Large Hydron Collider - dem unterirdischen Schmuckstück des europäischen Forschungszentrums CERN - bringen und erstaunte die dortige Belegschaft zuerst mit der Offenbarung seiner Wiedergeburt, die man in Europa für eine starke Übertreibung amerikanischen Forschergeistes hielt, und die Physiker mit der Frage: "Haben Sie schon etwas von einem gewissen Möbius gehört?"

Auf deren Bejahung konnte es der alte Physiker-Meister nicht fassen: "Na, und da kam Ihnen niemals die Idee, den Ring des LHCs in eine unendliche Achterschleife zu verwandeln?"

Fragende Blicke seitens der überraschten Männer, die man auch als ehrfurchtsvoll hätte deuten können. Daher fuhr der weise Professor fort: "Sie lassen die Partikel nur immer im Kreis aufeinanderprallen. Ist Ihnen noch nie die Idee gekommen, ein Möbius-Band zu bauen, um den Teilchen mehr Möglichkeiten beim Zusammenprall zu geben?"

Darauf waren sie noch nie gekommen und einer meinte verdutzt: "Da gibt es ein Problem."

"Oh ja", nickte Einstein. "Das Problem heißt zu viele Physiker. Ein Sprichwort sagt zu Recht: zu viele Köche verderben den Brei!"

Ein anderer Partikel-Physiker meinte unbeeindruckt: "Sie meinen, den Ring in eine Endlosschleife umzuwandeln, würde mehr Erfolg versprechen?"

"Ich kann es sogar beweisen, doch zuerst müssen Sie den Bau in die Wege leiten. Wenn wir aus dem Ring ein Möbiusband gemacht haben, dann kann die Partikelreise im Zentrum in vier Richtungen gleichzeitig starten. Verstehen Sie?" Dabei machte er ein nachsichtiges Gesicht, so als wäre er der Lehrer einiger lernschwacher Schüler.

"Ja selbstverständlich!", versicherte ihm kopfnickend der leitende Ingenieur Dr. Selznik, der ihm auch altersmäßig fast schon ebenbürtig war.

"Dann haben Sie es nicht begriffen", murmelte Einstein unverständlich und wandte sich von ihm ab, um die Kantine aufzusuchen. Die Einfältigkeit der Menschen um ihn herum lag ihm wieder einmal im Magen wie ein glosendes Stück Blei und er wollte dieses unangenehme Gefühl durch Sättigung mit schmackhafterer Nahrung ersetzen. Bei Hühnchen und Kartoffelgratin sah die Welt schon freundlicher aus.

Ein junger Mann wagte es, sich zum alten Meister zu setzen und ihn auch noch anzusprechen: "Die Zusammenarbeit mit Kollegen aus allen Teilen der Erde ist von unschätzbarem Wert, finden Sie nicht auch?"

"Ich hasse Suggestivfragen und Konfrontationen mit unwissenden Jugendlichen!" Säuberlich und säuerlich tupfte sich Einstein mit einer Serviette den Mund ab.

"Wir nennen es friendly competition! Das Higgs wäre nicht gefunden worden ohne uns alle!", fuhr der junge Kollege unerschrocken fort.

"Und haben Sie Higgs schon für sich arbeiten lassen?"

"Äh, wie meinen Sie das?"

"Na, überlegen Sie mal! Das ist Ihre Aufgabe für das nächste Semester", ätzte Einstein und ließ ihn sitzen, um herauszufinden, ob seine zuvor vorgeschlagene revolutionäre Möglichkeit, den LHC zu optimieren, bei Dr. Selznik schon Eingang in die wichtigen Teile seines Gehirns gefunden hatte. Allein, dem schwanden fast die Sinne, als er es sich nur bildlich vorstellte.

"Dr. Selznik!", rief ihn Einstein laut namentlich auf, obwohl er direkt vor ihm stand. "Ich dachte, Sie haben schon die Pläne gezeichnet, während ich mich in der Kantine stärkte.

"Aha-äh...Ich werde sofort den entsprechenden Umbau veranlassen", versprach er dienstbeflissen.

"Tun Sie das, und zwar zügig", schlug Einstein vor und lächelte zufrieden.

"Das wird schon Jahre in Anspruch nehmen, nochmals so einen unterirdischen Kreis zu bauen und ihn mit dem vorhandenen zu verbinden."

"Nun unterliegen Sie einem Denkfehler", kritisierte der greise Meister. "Sie können Zeit sparen, wenn Sie innerhalb des Kreises zwei sich kreuzende Gänge in Form eines X bauen, können Sie mir folgen?"

"Das ist ja grandios!" Sofort verstand er, dass es nicht auf die Größe des Möbius-Bandes ankam. "Einfach grandios!"

"Ich skizziere Ihnen noch die ideale Tunnelführung für die erwünschten Kurven!"

"Oh, ich werde Ihnen ewig dankbar dafür sein!"

"Das wäre angebracht, ich entwerfe Ihnen auch ein Tunnelschürfgerät, mit dem sie den nötigen Umbau in kürzester Zeit vornehmen können."

Das angestrebte Bauwerk unter der kundigen Assistenz eines derartigen Genies in Rekordzeit zu verwirklichen, schrie förmlich nach einer Belohnung, daher fragte Dr. Selznik devot: "Wenn es irgendetwas gibt, mit dem ich mich revanchieren könnte..."

"Können Sie, die Amerikaner schafften es nicht, Punkt drei meiner Wunschliste zu erfüllen und mir eine adäquate Gefährtin zuzuführen."

"Oho, da kenne ich eine Ex-Miss Schweiz, die Rücksichtnahme auf kauzige-äh ältere Herren gewohnt ist. Eine alterslose Blondine, welche ihre putzige Physiognomie einem Beauty-Doc zu verdanken hat und deren Körper auch die idealen erwünschten Kurvenmaße zeigt."

"Dann vereinbaren Sie so rasch wie möglich ein Treffen, ich fühle den Johannistrieb in meiner Brust erwachen - und auch weiter unten!"

Ein sonniger Tag in Washington ließ das Weiße Haus noch weißer erscheinen. Der General musste leider trotz böser CO_2-Emissionnen hierher fliegen und schickte sich etwas geknickt an, mit kleinen Schritten das Oval Office zu betreten, wo ein pausbäckiger, sich gottgleich fühlender Präsident seiner harrte und mit strafendem Blick bedachte.

"Wann ist es denn endlich soweit, dass ich dem amerikanischen Volk die versprochenen Erfolge von Genies verkünden kann, die wir dem Tode entrissen haben?"

"Nach so langer Absenz von der irdischen Welt benötigen die neun Genies noch einige Zeit, um sich den gegebenen Umständen neu anpassen zu können", erläuterte Hobbs.

"Bei solchen Genies hätte ich mir das viel schneller erwartet. Moment, wieso sprechen Sie nur von neun Genies?"

"Bei allem Respekt, Sir, dieser ruchlose Eric Harris sollte ja der gerechten Strafe von Seiten unserer niemals irrenden Justiz zugeführt werden..."

"Und wann ist sein Prozess?"

"Dem hat er sich leider durch unerlaubte Flucht entzogen!"

Trumps Gesicht verfärbte sich von orange zu rot. Wie ein Fünfjähriger in seiner Trotzphase würde er sich gleich gebärden, denn seit diesem Alter hatte er sich nicht wesentlich weiterentwickelt.

Ohne auf dessen Wutausbruch zu warten, fühlte sich Hobbs bemüßigt, einzuräumen: "Es tut mir leid, dass etwas so Großartiges außer Kontrolle geriet, Sir."

"Marvin, Sie haben ein großes Problem!" Trump sagte nicht etwa laut WIR, sondern SIE, um dem General gleich ein Gefühl der Schuld einzuimpfen. "Ein sehr, sehr großes Problem!"

"Ich weiß, vor allem, da es sich ja um Unsterbliche handelt", stellte Hobbs betreten fest. "Bei einer Atomexplosion bekommen die höchstens einen leichten Sonnenbrand."

Nun schien Trump abgelenkt und schüttelte bedächtig seinen massigen Kopf, sodass seine gelblichen Haare leicht mitwippten. "Ich kann mir nicht vorstellen, dass so ein Unsterblicher eine Atombombenexplosion überlebt."

"Mr. Präsident, Sie wollen doch nicht etwa wieder Atom-Tests starten?"

"Ich nicht, aber mein Freund Kim Jong-Un!" Nun lächelte er kurz geheimnisvoll, als hätte er einen Joker bei einem kniffligen Kartenspiel in der Hinterhand.

Dem General schwante Übles, denn so ein On-Off-Freund wie der nordkoreanische Diktator war kein politisches Leichtgewicht und konnte sich jederzeit gegen den eitlen Präsidenten wenden. Und zwar mit sehr schwerwiegenden Folgen für das amerikanische Volk.

"Verzeihen Sie meine Neugier, Sir, doch was, wenn Ihr Freund sich plötzlich gegen Sie wendet?"

"Och, darüber brauchen Sie sich keine grauen Haare wachsen zu lassen", beliebte Trump zu scherzen, "weil unser braver Oppenheimer an einer geheimen Superwaffe werkt."

Oh Graus, schwante Hobbs neues Übel. "Superwaffe? Wo wird diese denn getestet?"

"Wir suchen noch eine saubere Wüste in Afrika, irgendwo im Herz der Finsternis, ich weiß nicht exakt wo, aber sobald Oppenheimer den Durchbruch geschafft hat, erfahre ich es als Erster!", freute er sich.

Hoffentlich nicht in Form einer pilzartigen Wolke über dem Himmel, die sich in unsere Richtung zieht, hoffte der General inständig...

"Wie sieht es denn mit den bisherigen Leistungen unserer anderen angeblich Unsterblichen aus, Marvin?"

"Äh- tja, Thomas Edison meinte, er habe genug erfunden und strebt einen Prozess zur Rückgewinnung seiner abgelaufenen Patente an, und Alfred Nobel zur Abschaffung des von ihm gestifteten Nobelpreises, da er mit einigen Preisträgern nicht einverstanden ist. Vor allem mit diesem Handke nicht."

"Handke? Kenne ich nicht. Was hat der denn erfunden?", outete sich Trump als Nicht-Leser.

"Das Buch ohne Handlung!"

"Tsiss, womit manche Menschen Lorbeeren ernten und erfolgreich sein können...", mokierte sich Trump.

Ja, vor allem ein US-Präsident ohne geringste Ahnung von Diplomatie, lag Hobbs schon ganz weit vorne auf der Zunge, doch hüllte er sich in vornehmes Schweigen. Frei nach Wittgenstein: Worüber man nicht sprechen kann, darüber muss man (wohlweislich) schweigen.

"Wo befinden sich die anderen Genies, mit denen Sie schon das Vergnügen hatten, Marvin?" Scheinbar setzte er den Umgang mit diesen Leuten einem Besuch beim Jahrmarkt gleich.

"Äh- Mr. Hawking ist in England bei seiner Familie. Madame Curie ist mit ihrem jungen Liebhaber nach Venedig geflogen. Albert Einstein ist nach Europa-"

"Und wo ist dieser Harris?", forschte Trump nun in sehr rüdem Ton.

"Soviel ich weiß, noch innerhalb der USA flüchtig, doch er hat sich schon einmal bei seinem Vater gemeldet!"

"Wie konnten Sie nur so die Kontrolle über ihre zehn Schützlinge verlieren?", schimpfte Trump los. "Warum konnten die sich einfach Ihrer Aufsicht entziehen?"

Hobbs zuckte mit den Schultern. "Offenbar haben wir gegen uns unbekannte Spielregeln verstoßen!"

"WIR? SIE haben die ganze Scheiße angerichtet!", wetterte Trump mit seinem rotglühenden Gesicht und heftig gestikulierend in Richtung des ziemlich betrübt aussehenden Hobbs. "Die Mafia würde Ihnen Beton-Schuhe anziehen, Marvin!"

Beton-Schuhe, überlegte Hobbs, die wären etwas für Eric, besser noch gleich einen Beton-Anzug...

Trump polterte weiter: "Wir können ja froh sein, dass Sie sich nicht gewünscht haben, Robert E. Lee möge von seinem Denkmal-Sockel herunterreiten und den zweiten Bürgerkrieg ausrufen!"

"Mr. Präsident-"

Doch dieser schnitt ihm gleich rüde das Wort ab und mokierte sich weiter über ihn: "Wie konnten Sie auch nur einen derart verrückten Wunsch äußern? Ich in meiner großartigen und unermesslichen Weisheit hätte mir einen militärischen Arm wachsen lassen!"

Der Mensch per se hatte ja eine angeborene Tendenz zum Selbstbetrug, doch bei Narzissten zeigte sie besonders ausgeprägte Züge.

"Bedauerlicherweise verfüge ich nicht über Ihre enormen Fähigkeiten, Sir", murmelte Hobbs etwas gepresst.

"Nein, das tun Sie beileibe nicht. Aber lassen Sie sich eines gesagt sein: Sollte sich das Szenario noch weiter verschlimmern, dann wird Sie die volle Härte meines Zornes treffen!" Diese Worte hallten wie Donnergroll noch ein wenig nach...

Von solch irdischen Drohungen weit entfernt dockte das Shuttle im All weit hinter dem Neptun, zu dem eine Reise mit den herkömmlichen Antrieben der Menschen Jahrzehnte dauern würde, an das gigantische Mutterraumschiff an. Södluf durchschritt eine Schleuse, die ihm seine Reptilienform zurückgab. Sodann verfügte er sich zu seinen beiden wartenden Artgenossen in die imposante Kommandozentrale, um ihnen Rapport über das Gelingen seiner Mission zu erstatten. "Diese possierlichen Primaten haben wie erwartet keinen Verdacht geschöpft!"

"Dann geben wir nun volle Kraft zu unsrem Stützpunkt in Sektor 2974."

"Oh ja, den Stern dort nennen unsre irdischen Freunde übrigens Epsilon Eridani. Die 10,7 Lichtjahre dorthin können sie auch in den nächsten 100 Jahren nicht bewältigen."

"Immerhin haben sie nun Hilfe aus dem Jenseits", erinnerte sein schuppiger Kamerad und ließ den Kamm schwellen, der ihm über die Schädeldecke ragte.

"Oh ja! Sie werden nun nicht nur Nutznießer der Werke ihrer Lehrmeister sein, sondern deren Opfer! Die Wiederauferstandenen werden ihnen bald eine Menge Probleme in Form von Problemlösungen bereiten", ahnte Södluf. "Aber so ist das mit der menschlichen Natur, Unzufriedenheit macht sich sowohl bei der Wunscherfüllung als auch deren Verwehrung breit."

XV. Das Creutzfeldt-Jakob-Syndrom

Gerade als Hobbs in seinem Haus, welches sich zweckmäßig luxuriös möbliert zeigte, in Boulder City angekommen war und sich ausschlafen wollte, pochte es an der Tür, worauf er missmutig öffnete. Draußen stand Sheriff Tex Garth, hinter ihm standen in der Zufahrt zwei Streifenwagen.

"Haben Sie ihn?", fragte Hobbs erfreut.

"Wenn Sie Harris meinen, nein, was ich für Sie habe, wird Sie wenig freuen."

"Kommen Sie rein!" Dem General schwante schon, dass es besser für ihn ist, sich bei der kommenden Neuigkeit zu setzen. Müde und ausgelaugt nahm er auf seinem Lieblingsstuhl im Wohnzimmer Platz.

Unruhig ging der Sheriff vor ihm auf und ab. "Wir haben in dem Haus von Wallace, von dem nicht viel übrigblieb, keine Fingerabdrücke des Verdächtigen gefunden."

"Warum erzählen Sie mir das, das ist doch völlig unerheblich. Oder zweifelt jemand daran, dass Harris der Täter war?"

"Sie wissen das und ich glaube Ihnen, aber ohne Beweise..." Mit einer Geste der Hilflosigkeit verdeutlichte ihm Garth seine gebundenen Hände.

"Schön, vergessen wir die letzte Straftat von ihm, es reicht doch das, was er sich als Amokläufer zuschulden kommen ließ."

"Das ist ja unser Hauptproblem", bekannte der Sheriff und stellte sich direkt vor Hobbs mit in die Hüften gestemmten Händen hin.

"Nein, sagen Sie nicht, es sei zu lange her. Mord verjährt schließlich nicht!"

Garth schüttelte kurz den Kopf. "Ich weiß, doch es gibt leider keinen Gesetzesparagraphen, der einen Wiederauferstandenen für seine Taten in seinem ersten Leben zur Verantwortung ziehen kann. Was genau heißt eigentlich unsterblich? Ich meine, wenn man auf so einen Unsterblichen schießt, prallen dann die Kugeln einfach ab, oder regeneriert sich der Körper in Windeseile nach dem Einschlag der Kugel wieder?"

"Ich habe nicht die schlankeste Idee", gab der General widerwillig zu. "Doch es sollte, wenn möglich erst gar nicht zu einem Schusswechsel kommen!"

Der Sheriff kam ins Grübeln: "Im Zuge meines Dienstes musste ich schon einige Verbrecher kaltstellen. So ein Einschussloch an der richtigen Stelle KANN doch keiner überleben."

"Die Welt ist voller unglaublicher Vorgänge. Denken Sie doch nur an einen Polypen. Hackt man ihm einen Arm ab, wächst er wieder nach, spaltet man ihm den Kopf, regenerieren sich beide Hälften und er hat danach zwei Köpfe!"

"Unglaublich!"

Mit plötzlich wieder in ihm erwachter Energie sprang Hobbs auf und schlug die Hände vor sich zusammen. "Das kann doch alles nicht wahr sein! Wir müssen uns mit einem renitenten Unsterblichen herumärgern und kein Richter kann oder darf uns dabei helfen???"

Nun nickte Garth mehrmals. "Leider doch. Der Richter wusste es zuerst auch nicht, hat es vom Staatsanwalt beim Kantinenplausch erfahren. Der erzählte ihm von einem Präzedenzfall, bei dem ein Delinquent nach einem Nierenversagen gegen seinen Willen wiederbelebt wurde und seine Freilassung erreicht hatte, da er ja klinisch schon tot war. Daraufhin hat der ehrenwerte Richter seinen eigentlich widerrechtlichen Haftbefehl zurückgezogen. Als er von den fehlenden Fingerabdrücken erfuhr, wollte er natürlich keinen mehr ausstellen."

"Nein, das muss ein Scherz sein."

"Wir nennen so einen Umstand intern scherzhaft das Creutzfeldt-Jakob-Syndrom. Denn es ist auch zum Wahnsinnigwerden!"

Der Verzweiflung nahe und dem Wahnsinn nicht mehr sehr ferne, ging nun Hobbs vor Garth auf und ab. "Daran kann es doch nicht scheitern."

"Haben Sie eine Ahnung", brummte der Sheriff. "In Colorado gibt es sogar ein Gesetz, wonach das Sammeln von Regenwasser verboten ist, da es als Staatseigentum gilt."

"Danke für die Belehrung! Wurde er nicht bei seinen Taten von irgendeiner Kamera gefilmt?"

"Nicht, dass wir wüssten. Es gibt auch immer noch tote Winkel und Flächen, die noch nicht von wirkungsorientierten Überwachungsmitteln abgedeckt sind", bedauerte der Sheriff schulterzuckend.

"Müssen wir erst warten, bis wir einen Fingerabdruck im Haus eines Opfers oder seine DNA auf der Leiche finden?" In höchster Desperation griff sich Hobbs an den Kopf.

"Es tut mir leid. Wir kriegen diesen Harris nicht einmal wegen seines Gefängnisausbruchs, da er ja unrechtmäßig eingeliefert wurde, und bei seinem schnellen Abgang weder einen Beamten getötet, noch verletzt hat. Er hat nicht mal das Türschloss beschädigt, bei seinem Hofrundgang hat er irgendwie den Zahlencode für das Haupttor geknackt."

Hobbs blieb stehen und schlug sich mit einem hörbaren 'Klatsch' auf die Stirn. "Gefährliche Drohung! Jawohl, er hat mich und meine Familie mit dem Tode bedroht."

"Haben Sie das auf Band oder einen Zeugen dafür?"

"Ja, den habe ich: es ist sein eigner Vater, der sich heute mit ihm alleine treffen will."

"Allein?", wiederholte Garth stirnrunzelnd. "Dann wird er vermutlich nicht von seinem Treffen zurückkommen."

"Ha, ich kann mir denken, wo er ihn hinbestellt hat, kommen Sie, ich muss von unterwegs nur noch die Beton-Firma anrufen." Schon eilte er aus dem Haus.

"Die Beton-Firma?", wiederholte Garth verständnislos.

Das Treffen zwischen Vater und Sohn fand an einem beliebten Ausflugsziel in den Bergen Nevadas statt. Nur 35 Meilen nordwestlich von Vegas entfernt lag das Naherholungsgebiet Spring Mountains. Kaum wand sich die Straße hoch, wurde es kühler und grüner. Selbst kleine Nadelwälder fand man hier und eine Luft, die zu atmen eine Freude war. Dort hatte sich Wayne auch einmal mit Marvin getroffen und die Ruhe in der Natur genossen, weit abseits der hektisch geräuschvollen Orte in welcher sich Amüsier-Touristen sowie auch

Armeeangehörige sonst meist tummelten. Als er dort seinen Sohn treffen wollte, witterte er keine Gefahr. Allerdings kam auch keine rechte Freude auf.

"Hi Dad! Lange nicht mehr gesehen", begrüßte ihn Eric, kaum, dass er hinter einem Felsen hervorgetreten war, und stellte sich breitbeinig vor seinem alten Herrn auf.

Das Treffen zwischen Vater und Sohn hatte nichts Liebevolles an sich, sie standen einander gegenüber wie Duellanten, vor allem, als der Vater den Sohn mit dessen Verbrechen konfrontierte.

"Was hast du nur getan, Eric?"

Mit vor der Brust verschränkten Armen starrte ihn sein Sohn an. "Ich denke, ich habe alles erreicht, was ich mir mit 18 vorgenommen habe. Lass uns die Liste mit den Kästchen zum Ankreuzen gemeinsam durchgehen: Spaß haben? Check! Mit meinen Feinden abrechnen? Check! Berühmt werden? Check! Der Strafe dafür entgehen? Check! Sterben? Check! Wiederauferstehen? Check!"

"Du hast zwei Polizisten und einen Army-Leutnant getötet, dessen Haus gesprengt, oder etwa nicht..."

"Aber Dad, ich habe dem Army-Fuzzy nur eine neue Air-Condition eingebaut, weil sein Haus so stickig war", scherzte Eric, ließ die Arme nach einer ausholenden

Geste seitlich herunterbaumeln. "Außerdem kann mir keiner was nachweisen."

"Du bist ja wahnsinnig! Schon 1999 hast du mein Herz in Millionen Stücke zerbrochen. Und ich... ich Narr habe mich dennoch für deine Wiederauferstehung eingesetzt!" Dabei gestikulierte er wild, tippte sich mit dem rechten Zeigefinger so heftig gegen die Schläfe, dass ein roter Fleck erschien.

Es erheiterte Eric sichtlich, wie sein Vater so vor ihm rumhampelte. "Ohne mich hattest du sicher nur ereignisarme Tage."

"UNTERBRICH MICH NICHT!", blaffte er ihn an.

ICHT-ICHT-ICHT echote es von den Bergwänden.

"Ich habe Marvin versprochen, dass du dich besserst", beschwor ihn der schwer enttäuschte Vater.

"Dad, Dad, Dad!" Ungläubig drehte Eric den Kopf hin und her. "Du mit deinen abgegriffenen Ansichten wärst besser rechtzeitig nach Florida ins Rentnerparadies abgeschwirrt, wenn du es immer noch nicht kapiert hast: Die Welt ist doch in den 20 Jahren meiner Abwesenheit auch um keinen Deut besser geworden. Wenn ich mich bessere, passe ich doch gar nicht mehr hinein! Nimm endlich zur Kenntnis: Die Evolution produziert funktionierende Systeme, die nicht immer moralisch sind. Natural Selection!"

"Halt mir keine pseudowissenschaftlichen Vorträge! Laut Evolution darf einer nicht die ganze Gruppe gefährden! Du wirst also meinen Freund Marvin und seine Familie in Ruhe lassen! Hast du mich verstanden?"

Der ungehorsame Sohn grinste über das ganze Gesicht und stemmte die Hände in die Hüften. "Dad, du kannst mir nichts mehr befehlen! Und ich muss die Generals-Schlampen schon wegen der politisch korrekten Frauenquote abschaffen!"

"Du bist nicht mein Sohn", glaubte Wayne zu erkennen. "Du bist ein nur Zerrbild meines Sohnes."

Es war unmöglich Erics Gesicht in dem Augenblick eine Gefühlsregung zu entnehmen. "Dad, da ist so viel an Erinnerung. Als du die Rohrbombe in meinem Zimmer fandest... da sind wir doch zusammen in die Berge gefahren und haben sie zur Explosion gebracht. Das fand ich schön. Die Landschaft Colorados ist grandios, nur die Bevölkerung leider weniger."

Diesen Vater-Sohn-Moment konnte Wayne erinnern und schüttelte dennoch vehement sein Haupt. "Es war ein Fehler von mir, mich für deine Auferstehung einzusetzen."

"Sag so etwas nicht, ich will dich doch nicht verlieren müssen."

"Was auch immer an Bosheit vorher in dir war, nun scheint es sich potenziert zu haben", glaubte der entgeisterte Vater zu erkennen.

"Das Problem ist vielmehr deine Naivität. Du scheinst noch immer zu glauben, Vögel singen für uns aus romantischen Gründen und nicht zur Warnung für Artgenossen. Mich wundert, dass du mit dieser falschen Weltsicht überhaupt in der Army überleben konntest."

"Ende der Diskussion, du wirst dich den Behörden stellen und die Verantwortung für deine Untaten übernehmen!"

"Ich wünschte, ich wäre ein verdammter Soziopath", seufzte Eric, ging zwei Schritte auf seinen Vater zu und griff sich hinten aus seinem Hosenbund die Smith & Wesson. "Dann würde mir das, was ich nun tun muss, nicht leidtun."

"Eric!", warnte ihn sein Vater. Vertrauend auf den kargen Rest bisherigen Respekts, den ihm sein Sohn entgegengebracht hatte, machte er keine wie auch immer geartete Abwehrbewegung.

Doch der störrische Sohn zog blitzschnell seine Waffe und zischte mit sardonischem Grinsen: "Kuckuck!"

XVI. Die Suche

Die Angestellten der Betonfirma hatten sich bereits mit ihrem Beton-Misch-LKW auf den Weg zum Treffpunkt gemacht und wunderten sich naturgemäß über ihren ungewöhnlichen Auftrag, über den sie der General höchstpersönlich telefonisch ausführlich informiert hatte.

"Das ist doch glatter Mord", fand einer der beiden im Wagen sitzenden Männer der Firma Beton-Fix. Dabei griff er sich an den Ausschnitt seines roten Firmen-Overalls. "Jeder, der behauptet, die Würde des Menschen sei unantastbar, der hat noch nie mit der US-Army zu tun gehabt!"

"Was du gleich immer daherredest, Tucker", sagte sein Kumpel Joe am Steuer. "Wir sollen den Verdächtigen doch nur mit schnellhärtendem Beton bespritzen, kampfunfähig machen und fertig."

"Ja, dann ist er wohl fertig. Das überlebt er doch niemals, Joe!"

"Das ist doch einer dieser zehn Auferstandenen, die uns Trump so großmäulig angekündigt hat."

"Glaubst du dem alten Fettsack seine Worte?"

"Na, immerhin wollte er doch die Mauer zu Mexiko bauen."

"Mauer? Dass ich nicht lache, der komische Schmalspurzaun, der dort entsteht, kann ganz leicht aufgeflext und überklettert werden", motzte Tucker.

"Er hat natürlich eine massive Mauer so wie in China gemeint und kann doch nix dafür, dass der ganze Arsch voll Abgeordneter dagegen ist. Ich weiß nicht, wer das gesagt hat, aber die Menschheit bewegt sich immer wieder zwischen Erziehung und Katastrophe hin und her."

"Apropos Katastrophe... Wenn der Auferstandene abgekratzt ist, wer kommt dann dafür vor Gericht?"

"Na, der General, der uns beauftragt hat. Wir sicher nicht, denn wir mussten doch nur ausführen, was uns so eine Respektsperson aufträgt. Das verstehst du mit deinem Normalo-Gehirn eben nicht, Tucker!"

Tucker, der ein Talent dafür hatte, immer zur richtigen Zeit das Falsche zu sagen, fragte: "Ist der Auferstandene gar schwarz? Du hast sicher auch schon bemerkt, dass Schwarze verdächtig öfter von der Polizei erschossen werden als Weiße. Da wird die Army auch keine Ausnahme machen. Nur anstatt Bleikugeln haben die sich jetzt auf Beton verlegt. Vielleicht ist denen das Blei schon ausgegangen."

Nun kam Joe ins Grübeln. "Hmm, nein, ich glaub nicht. Warte, ich zeig dir ein Foto von dem Burschen, den wir betonieren sollen, hat mir der General per MMS geschickt." Während der Fahrt griff er sich in die Taschen seines Overalls, um das Handy herauszuholen, und verriss dabei das Steuer.

"Achtung JOE, du bringst uns noch vorher um", warnte Tucker.

Soweit, so beunruhigend. Mittlerweile hatte der kleine Suchtrupp den Wagen von Wayne Harris entdeckt, dahinter geparkt und sich querfeldein auf die Suche nach ihm gemacht. Und sie mussten nicht lange suchen.

Beim Auffinden der Leiche seines Freundes Wayne, der nach einem Schuss mitten ins Gesicht nur mehr an seiner Kleidung zu erkennen war, machte Hobbs vergebliche Anstalten die Tränen zurückzuhalten. Nach einem tiefen Atemzug sagte er mit erstickter Stimme: "Eric ist verrottet bis ins Mark. Den eigenen Vater umbringen, das hätte ich ihm nicht zugetraut. Das kann nur bedeuten, dass er völlig entmenscht ist... oder entmenscht wurde..." Tiefe Zweifel über das Wohlwollen Södlufs überkam ihn nun. "Ich hätte nie gedacht, dass mir der Tod meines Freundes so einen körperlichen Schmerz versetzen kann."

"Der Kerl entwickelt sich zum Schmerz-Exportweltmeister", fand Ely, der sich zum treuesten Begleiter des Sheriffs entwickelt hat. "Wer hatte nur die idiotische Idee, den wiederzubeleben?"

Dem Sheriff fiel noch etwas anderes auf: "Der hat ihm doch tatsächlich die Waffe in die Hand gedrückt, sodass es wie Selbstmord aussieht, wenn sein Vater mit beiden Daumen den Abzug betätigt hat."

"Das heißt, er müsste unbewaffnet sein...", hoffte Hobbs und sah auf die Uhr. "Wir müssen ihn finden, er kann noch nicht weit sein und wird vermutlich ein Auto stehlen wollen."

"Dazu muss er erst die Straße erreichen!" Der Sheriff deutete in Richtung des Pfades, auf welchem sich der Flüchtende befinden musste."

"Du hast schon lange nichts mehr zur Unterhaltung beigetragen, Mitch", fiel Ely auf.

"Was soll ich schon viel sagen?", war sein etwas wegwerfender Kommentar. "Dass für mich das Leben eine Abfolge von Enttäuschungen ist, die ich manchmal mit meinem Colt minimieren kann? Dass ich noch immer um Hank trauere, der bald im Schoße des Vergessens ruhen wird, während sein Mörder längst einen Platz in der Geschichte besetzt?"

Schweigend setzten sie sich in Bewegung und hetzten durch eine noch intakt scheinende Natur. Diese Gegend hier war wie geschaffen für einen Western, in dem eine Handvoll Gesetzeshüter einen Outlaw zur Strecke bringen. Jeder ihrer schnellen Schritte wirbelte ein wenig Staub auf...

Unweit der üblen Szenerie huschte Eric, der sich der geborgten Kleidung seines Opfers entledigt hatte und wieder nur Jeans & Greenpeace-Shirt trug, durch die stille Landschaft, welche zwar karge doch eigenwillige

Schönheit bot, erfreute sich ihrer und nahm für andere unbedeutende Details wahr. Als ihn der flüchtige Schatten eines Weißkopfseeadlers im Flug streifte, blickte er hoch und folgte dem stolzen Wappentier der USA eine kurze Weile mit aufmerksamen Augen. In seinem ersten Leben wären ihm solche Kleinigkeiten gar nicht aufgefallen, zu groß war der unbändige Hass auf seine Schulkollegen, die damals permanent durch seine Gedankenwelt spukten und diese in Aufruhr versetzten. Mit Verachtung erinnerte er sich ihrer, die er als Gift für sein damaliges Befinden sah. Andererseits genoss er die Aufregung, mit seinem Freund Dylan ein Geheimnis zu haben. Es machte das nach außen hin gewohnte Weiterleben in seiner damaligen, miesen Lage erst möglich, so wie ein Aufputschmittel. Auf den leisen Sohlen seiner Sneakers durchquerte er danach weiter die Wildnis mit ihren Orten so wild, melancholisch und ergreifend. Eine Gedichtzeile des spanischen Künstlers Machado kam ihm aus dem Dunkel eines Literaturkurses an der verdammten High-School in den Sinn: Wanderer, es gibt keinen Weg. Wege entstehen beim Gehen... Ja, und er träumte im Gehen, wie wohl sein Lebensweg verlaufen wäre, hätte er damals nicht so extrem reagiert und wild um sich geschossen - sich danach selbst entleibt, ... so sehr er sich auch bemühte, er konnte sich gar nicht mehr genau erinnern, wann er eigentlich genau damit begonnen hatte, anders als der Durchschnitt zu denken. Wie wäre es wohl gewesen, wenn er durchgehalten hätte und ganz normaaaal zu einem

Erwachsenen gereift - in ein Leben voller Unbeschwertheit und Zuversicht, die ihm einst so gefehlt hatten - und einer geregelten Tätigkeit nachgegangen wäre, etwa dem Entwickeln neuer Video-Games, die er ja in seiner Jugend so gern und gut spielte. Dabei brachte er es sogar zu dem sogenannten Harris-Level, das heute noch anerkannt wurde... Ein simpler Ortswechsel an meine alte Schule in Upstate New York hätte das Unvermeidliche vermutlich verhindert, sinnierte Eric, aber das wollte der Herr Papa ja nicht, naja, jetzt ist er dort, wo ich schon gewesen bin und es wird ihm nicht gefallen!

Der kleine Trupp seiner Häscher hatte für die Schönheit der Natur kein Auge übrig. Der Sheriff grunzte hin und wieder, sodass sich der General nach seiner Gesundheit erkundigte.

"Mir geht's wie immer", klärte ihn Garth auf. "Wäre ich in Europa, hätte ich wenigstens die Möglichkeit, mich bald in die Frühpension zu verabschieden, aber hier in der Heimat verlangt man uns Gesetzeshütern das Letzte ab. Und nun sollen wir zudem noch Unsterbliche unschädlich machen. Nach dem Motto: du hast keine Chance, aber nutze sie!"

Der junge Ely wollte ihn aufmuntern: "Ich kann mir nicht vorstellen, dass ein menschliches Wesen nicht doch sterblich ist."

"Ich bezweifle, dass Eric Harris jemals ein menschliches Wesen war, doch nun ist er es mit Sicherheit nicht mehr!", gab Hobbs zu. "Wahrscheinlich fehlt ihm sogar die Psychiatriebrauchbarkeit."

"Und wenn wir ihn in eine Schrottpresse locken und faschieren?"

"ELY!", wies ihn Garth scharf zurecht. "Denk doch an die Schweinerei, die das gibt, und an den Aufschrei der Gutmenschen, die an seine Rehabilitierung glauben!"

Das sah er dann doch ein und verstummte mit den anderen, um weiterhin schweigend nach dem Flüchtenden zu suchen. Dieser befand sich nur noch eine kurze Strecke vor ihnen, unwissend, wie nah man ihm war. Die hinter ihm herhastenden, hartnäckigen Verfolger konnten ihn letztlich während einer biologischen Pause umstellen. Ihre knirschenden Schritte verrieten ihm schon ihre Anwesenheit, bevor er sich noch zu ihnen umwandte.

"Gib auf, Harris!", schrie ihn der Sheriff wütend an.

Scharfzüngig und schonungslos lieferte er ein eindeutiges Signal des Vorhandenseins der Trotzmacht seines Geistes, indem er laut ausrief: "Die Vertreter des Gesetzes im Verein mit einem müden Abklatsch der Streitmacht! Ziemlicher Aufwand für einen unbewaffneten Teenie, den ihr lahmen Wixer da betreibt!"

"Wir scheuen keine noch so große Anstrengung, dich zur Strecke zu bringen, Eric", verkündete ihm Hobbs.

"Wirklich, Onkel?" Das klang herabsetzend und abschätzig dahingerotzt.

"Warte, bis du erst unsern größten Trumpf gesehen hast", forderte ihn der General eingedenk des Beton-Trucks auf. Nervös suchte er schon die nahe Straße nach dem großen Wagen ab. Vor noch nicht zu langer Zeit hatte er dessen Besatzung noch seinen Standort durchgegeben.

Der Sheriff und seine Männer näherten sich Harris, trieben ihn etwas näher an die Straße heran. Bis auf den General waren alle bis an die Zähne bewaffnet, und in die Mündung einer Pumpgun zu blicken, nötigte auch einem Unsterblichen einen gewissen Respekt ab.

Der umzingelte Eric machte gar keine Anstalten zu fliehen, sondern provozierte weiter: "Ihr macht mir keine Angst, auch, wenn ihr eure Eier in einer Uniform herumschaukelt. Nicht einmal John Wayne auf der Höhe seiner Schaffenskraft könnte mich umlegen! Das Gefühl, wenn die Kugel trifft, kenne ich ja schon. Bin neugierig, wie es als Unsterblicher ist."

"Sicher nicht angenehm!", rief ihm Ely zu, der ihn zu gern erschossen hätte, um seinen Kollegen Hank zu rächen. "Blöder als du schon bist, kann dich ein Kopfschuss jedenfalls nicht machen!"

Wieder einmal setzte Eric sein Charmebolzen-Grinsen auf und breitete die Arme aus. "Also frei nach dem Nazarener... der schieße die erste Kugel!"

"Sei nicht zu siegessicher!", warnte der General.

Und der Sheriff setzte noch eins drauf: "Und wenn du hundertmal unsterblich bist, tret ich dir so in den Arsch, dass du mit deiner Scheiße gurgeln kannst!"

Das flößte ihm immerhin so viel Respekt ein, dass er die Arme sinken ließ und etwas zurückwich, wobei er zischte: "Unsre Begegnung sollte nie ins Kino kommen, denn bei den Dialogen wünschen sich die Zuseher die Stummfilmzeit zurück."

Ohne über den Witz auch nur zu Schmunzeln, fragte Hobbs: "Wie konntest du nur deinen Vater töten?"

"Das war ich doch nicht. Er hat es vor meinen Augen selbst getan! Dann kippte er zur Seite, sackte zusammen, begleitet von einem Geräusch, als ob jemand einen Eimer Wasser ausleert!"

"Zum ersten Mal sehe ich das personifizierte Böse vor mir! Kein Mensch schießt sich aus kurzer Distanz selbst mitten ins Gesicht", erklärte ihm der General gepresst mit geballten Fäusten.

"Mein Dad schon", erwiderte er stur. "Der wollte die Kugel kommen sehen, dem Tod ins Auge blicken, sozusagen!"

"Nein! Die meisten beenden ihr Leben mit einem aufgesetzten Schuss in die Schläfe, so wie dein Freund Dylan!" Wo bleibt der verdammt Beton-Mischer, ärgerte sich Hobbs, nach der Straße schielend, die noch immer so leer erschien wie der Weg zum Nirvana.

"Dein Glück, dass ich unbewaffnet bin, du Militär-Freak, sonst hättest du auch schon eine Kugel in deiner Wohlstandswampe! Was seid ihr kostümierten Clowns eigentlich für Feiglinge? In einer ganzen Rotte gegen einen." Wutentbrannt sah er sich um und schätzte die Zwischenräume seiner Häscher ab, rechnete sich seine Fluchtchancen aus, wenn er wie ein Sprinter los spurten würde.

Um ihn von der Absicht, sich zwischen ihnen wie ein Super-Football-Spieler durchzumogeln und zu entwischen, abzuhalten, provozierte ihn Hobbs: "Du kannst deinem Vater nicht das Wasser reichen!"

"PFFF! Dem fehlte, was ich im Überfluss besitze: Charisma! Über mich werden noch Bücher geschrieben und Filme gedreht, in denen mein Alter nur als kleine Randfigur auftaucht! Und ihr alle als erbärmliche Statisten!"

Beinahe wollte er ihm darauf erwidern, er strahle das Charisma eines Salzherings aus, doch entschied sich dagegen, indem er ausführte: "Da fällt mir ein Ausspruch Mark Twains ein: Die Tinte, mit der Geschichte aufgeschrieben wird, ist nur eine Flüssigkeit, die der

Autor aus seinen Vorurteilen braut. Mit andern Worten, es gibt keine historische Wahrheit, nur deren persönliche Interpretation."

"General, Ihre Interpretation und Auffassung von Tradition und Ehre oder was auch immer, interessiert doch keine Sau!", amüsierte sich Eric, der sich allen überlegen fühlte - und zwar nicht nur aufgrund seiner Unsterblichkeit.

Dem General drohte schon der Text auszugehen, also brabbelte er weiter: "Ich will Tradition nicht verdammen, nur aufbrechen!"

"Apropos aufbrechen, es wird Zeit für meinen Aufbruch!"

"Warte, wir haben eine Überraschung für dich!", forderte ihn Mitch auf.

"Welche? Die Offenbarung, dass ihr menschliche Warnhinweise amtlichen Versagens seid?" Der Delinquent schien sich seiner sehr sicher zu sein. Und den Augenblick seiner scheinbaren Überlegenheit wollte er noch ein wenig genießen. "Demnächst veröffentliche ich ein Buch: Mein siegreicher Kampf! HAA-HAA!"

"Wer zuletzt lacht, lacht am besten", warnte der Sheriff. "Deine Freude ist ein Mangel an Information!"

"PAH! Ihr seid als Gesetzeshüter so erfolgreich wie es Bill Clinton als Haremswächter wäre! HAA-HAA! Ihr führt ja die Keystone-Cops ad absurdum!" Selten hatte sich Eric so gut amüsiert, im Wissen um die Hilflosigkeit seiner Häscher, die normalerweise auf ihre Bleispritzen vertrauen konnten und davon stets schnellen Gebrauch zu machen pflegten, was oftmals unbewaffnete Verfolgte zu spüren bekamen, welche leider nicht über Harris' Vorzug verfügten...

Da, endlich wie aus dem Nichts, brummte der Motor des bestellten LKWs hörbar an, der wuchtige Wagen tauchte auf, mit einer rotierenden Metall-Wampe voll schnellbindenden Inhalts. Ely reagierte als erster und lief winkend zum abbremsenden Truck, um sich eilig der Betonspritze, die vorher vom General mit der Firma verabredet worden war, zu bemächtigen.

Eric Harris guckte überrascht und kniff die Augen zusammen. Sein Blick schien sich wie ein Laserstrahl ins Gehirn von Hobbs zu bohren. Was wohl nun für ein Manöver folgen sollte, fragte er sich, fühlte sich momentan jedoch keinerlei Bedrohung ausgesetzt. Was sollte einem Unsterblichen auch schon groß passieren?

"Gleich endest du als Denkmal!", kündigte Ely an und drückte auf den Auslöser.

Erics Erstaunen wandelte sich in Wut, als ihn der zähe, doch zielführende Flüssigbetonstrahl traf, den Ely auf ihn gerichtet hatte. Überrumpelt stürmte er umher wie eine wildgewordene Flipperkugel, wurde jedoch immer langsamer, stolperte im vergeblichen Versuch der Flucht beim Weglaufen, richtete sich mühsam wieder auf und erstarrte letztendlich mitten in der Bewegung. In nur wenigen Minuten hatte sich der aufmüpfige Teenager in einen an den Ecken abgerundeten Betonklotz verwandelt und stand nun völlig still und etwas befremdlich wie der Rohling eines Denkmals in der sonst so idyllischen Gegend nahe der wenig befahrenen Straße.

Der Sheriff konnte sich nicht verkneifen, ihm etwas zynisch zum Abschied noch mitzugeben: "Jippiaiehh, Schweinebacke!"

"Als Denkmal für die Ewigkeit gefällt mir die Bestie viel besser", griente Ely und übergab Tucker die Spritze.

"Eher ein Mahnmal für alle Gewaltbesessenen!", korrigierte Mitch. "Wer Gewalt sät, der erntet Beton!"

"Ist das jetzt die neue Art des Vollzugs der Todesstrafe?", fragte Tucker etwas blauäugig.

"Nein, das war nur die Ausnahme für unsre Unsterblichen, die sich nicht an die Gesetze halten", erklärte ihm der Sheriff mit nach oben gezogenen Mundwinkeln, die seine gehobene Laune verdeutlichten.

"So ein Betonkorsett für Ewiglebende!", ergänzte Ely schmunzelnd.

"Vielen Dank für Ihr Erscheinen genau zur richtigen Zeit", lobte der General, welcher nach dem FF-Prinzip - file & forget - die leidige Sache nun endlich ad Acta legen zu können gedachte. "Schicken Sie die Rechnung an die Army!"

"Wenn ich das wem erzähle, glaubt's wieder keiner", murmelte Tucker, als er den Schlauch aufrollte und samt Spritze wieder an den Wagen hing.

Und der im Beton eingebettete Eric, dessen Gedanken in einem wirren Mix aus Vergangenheit und Gegenwart durch seine Gehirnwindungen im Kreis herumschwirrten, ehe sie an ihre Grenzen stießen, wünschte sich, einfach wieder sterben zu können...

XVII. Die Sterbewelle

Es klappte einige Zeit lang alles wie am Schnürchen, nachdem Harris von der Bildfläche verschwunden war, da setzten plötzlich haufenweise Todesfälle ein. Die Leute entschliefen einfach in ihren Betten und die Ärzte konnten keine äußerlichen Anzeichen von Gewalt oder Krankheit feststellen. Die Toten - vorwiegend weiblich und nicht jünger als 39 - hatten sogar einen ausgesprochen zufriedenen Ausdruck auf dem Antlitz und auch eine Obduktion brachte keine Todesursache zutage - allen gemein stellte sich nur eine jugendliche Haut heraus, sogar bei älteren Personen. Es brauchte nicht viel Kombinationsgabe herauszufinden, dass alle Verstorbenen vor ihrem Ableben eine gewisse Creme nutzten, von der sie sich ewige Jugend, oder besser ausgedrückt, Jugend bis zum Tode erwarteten. Diese Creme, die bei allen Betroffenen im Badezimmer oder auf dem Nachtkästchen stand, hieß Curies Creme und duftete ausgesprochen angenehm. Leider konnte sie jedoch nicht in unmittelbar kausalen Zusammenhang mit den Todesfällen gebracht werden, da sie keinerlei Giftstoffe enthielt, sondern nur natürliche Substanzen, die in einem sehr ausgewogenen Verhältnis abgemischt worden waren. Zwar stellten sich einige, wie z.B. Goldregen, als giftig heraus, doch nur bei oraler Einnahme und der Beipacktext empfahl ausdrücklich nur äußerliche Anwendung und riet vom Genuss der Creme als Speise dringend ab. Die ersten Todesfälle von Frauen wurden von den Hinterbliebenen ziemlich schnell mit Curies Creme in Verbindung gebracht.

Diese Creme stellte sich also tatsächlich als Hilfe gegen das Altern heraus, um genau zu sein, als tödlich ab dem 39. Lebensjahr, und sie wurde im Volksmund Depopulation-Cream genannt. Obwohl sie damit konfrontiert alles kategorisch bestritt und nicht einmal von bedauerlichen Einzelfällen oder Unverträglichkeiten sprach, wurde Madame Curie somit zum Problem. Doch wie stellte man eine Unsterbliche kalt, der man zudem weder böse Absicht noch eine ursächlich tödliche Wirkung ihrer Creme nachweisen konnte? Dem General fiel die undankbare Aufgabe zu, die Madame darüber zu informieren, ihre Creme vom Markt zu nehmen und natürlich auch auf die bald auf sie zukommenden Schadenersatzforderungen einzustimmen.

In ihrem schicken Haus in New Orleans fand er sie vor einem Ölgemälde stehend, welches an der Wand über dem Kamin hing. Es zeigte eine Waldlandschaft, in welche ein Weg in Form einer S-Kurve führte.

"Bilder mit Serpentinen oder Weggabelungen gefallen mir, packen mich emotional, weil hier hinter der Kurve", erklärte sie, während sie sich schwungvoll zu ihm umwandte, "die nicht einsehbar ist, etwas oder jemand warten kann. Ein Abenteuer oder ein Ratgeber, ein Komplize, ein Wegbereiter-"

"Madame, auf Sie wartet etwas ganz Anderes! Nämlich eine oder mehrere Schadenersatzklagen!"

"Schadenersatz?", wunderte sie sich. "Aber ich habe meine wundervolle Creme doch am eigenen Leib getestet und wie Sie sehen können, lieber General, lebe ich noch und erfreue mich bester Gesundheit.

"Aber Sie sind doch unsterblich!", schrie sie der General an.

"Ah, oui?"

"Ja, WUIII!", gab Hobbs unverblümt seiner Wut Ausdruck. "Wenn Sie es nicht wären, würde ich Sie gerne erwürgen!"

"Oh, das ist nicht nett von Ihnen!" Beleidigt wandte sie sich von ihm ab.

"Madame Curie, es ist ja schön, wenn eine 48-jährige wie 29 aussieht, aber es hilft ihr nichts, wenn sie dabei auf ihrem Totenbett liegt! Geht das nicht in Ihren eigensinnigen Kopf hinein?"

"Was fällt Ihnen ein, mich in so einem Ton zu äh-beflegeln", beschwerte sie sich in ihrem französischen Akzent plus fahriger Bewegungen. "Sie scheinen zu vergessen, wen Sie vor sich haben. Ich bin die einzige Frau, die den Nobelpreis in zwei verschiedenen Kategorien bekam: 1903 in Physik und 1911 in Chemie! Und welche Preise haben SIE bekommen? Höchstens den unnoblen Preis im Beleidigen einer Dame!"

"Sie und Ihre unsterblichen Genossen kommen mir vor wie ein Panoptikum psychischer Auffälligkeiten! Affektiv gesteuert, exaltiert, manisch, hysterisch, kurzum reif für eine Psycho-Notfallambulanz!"

"MONSIEUR! Beherrschen Sie sich! Ich höre mir das nicht länger an!" Hochnäsig rauschte sie ab.

"Wären Sie doch nur auf der Venus gelandet!", rief er ihr noch nach.

Ein Anruf von Trump erreichte ihn: "Hören Sie, Marvin, verbreiten Sie vorläufig noch nichts über einen Zusammenhang mit der Creme und den Todesfällen."

"Aber Sir, was sollen wir denn für eine Todesart angeben? Etwa Selbstentleibung durch Drogeriemarkt-Kosmetika?"

"Mir egal, jedenfalls keinesfalls Tod durch Curies Creme!"

"Schön, aber die Presse hat bereits einen Zusammenhang hergestellt", berichtete Hobbs und wollte aus der Daily News vorlesen.

"FAKE-NEWS", brüllte Trump in den Hörer, also in eines der Ohren des Generals, welcher immer noch in Curies Haus herumstand wie ein vergessener Regenschirm.

"Verstehe, es handelt sich wohl Ihrer Meinung nach um alternative Fakten", wusste Hobbs sogleich.

"Sie wissen ganz genau, dass die Lüge ein Stilmittel nicht nur der Politik, sondern des täglichen Lebens ist. Wir alle brauchen sie!"

"Jawohl, Sir! Darf ich fragen, warum keiner von der tödlichen Wirkung der Creme erfahren soll? Aus Rücksicht auf Madame Curie?"

"Aber nein! Wir exportieren sie nach China, verstehen Sie? Das wird DER Exportschlager! Den Iran können wir leider wegen der von mir verhängten Sanktionen nicht beliefern, doch ein Feindbild müssen wir uns eh erhalten."

"Aber Mr. Präsident! Das spricht sich doch herum, dass bei uns schon viele wegen dieser verjüngenden Unheils-Creme den Tod fanden."

"Na und? Die Chinesen glaubten damals wie auch heute noch an die potenzfördernde Kraft des Nashorns, obwohl es die gleiche Substanz ist, aus der unsre Fingernägel bestehen. Also werden sie auch weiterhin an die jungmachende Creme ohne kleine Nebenwirkungen glauben, verstanden?"

"Ja, Sir!", zischte Hobbs zwischen den Zähnen hervor, denn er begriff natürlich sofort, dass der Präsident mit der Depopulation-Creme die ungeliebte Großmacht und heftige Wirtschaftskonkurrenz aus China erheblich schwächen wollte.

"Schon im Alten Rom schminkten sich die Reichen mit Bleiweiß die Gesichter und starben im Namen der Schönheit. Und wir profitieren davon, wenn sich die Zahl unserer Feinde verringert, Marvin!"

"Ich hoffe nur, dass unsere Feinde nicht fürchterliche Rache an uns nehmen."

"Immer optimistisch bleiben, Marvin! Seien Sie kein Defätist, denn das würde mich sehr enttäuschen!"

Nach Beendigung des Gesprächs musste Hobbs eine Toilette aufsuchen. Nach dem Austreten betrachtete er sein Gesicht im Spiegel - es kam ihm deutlich gealtert vor, nicht im mindesten ehrfurchtgebietend. In einer Verzweiflungsgeste fuhr er sich durch sein schütter gewordenes Haar. Hauptsache, mein Gehirn funktioniert noch, dachte er pragmatisch, und so eine Frisur wie Trump, die man schon vom Weltall aus erkennt, brauche ich ohnedies nicht...

Mittlerweile hatte Robert Oppenheimer den afrikanischen Kontinent nach einer geeigneten Bühne für seinen baldigen Test der Kernfusion für eine neue Superwaffe durchsucht und war im Kongo fündig geworden. Mittels der Hilfe von einigen ausgewählten und zum Stillschweigen verpflichteten Soldaten sowie Army-Technikern gelang es ihm, eine große Trichter-Vorrichtung ähnlich eines Radioteleskopes, das von der Luft aus betrachtet völlig harmlos aussah, aufzubauen. Bald nach dessen Inbetriebnahme war der ganze Staat ausradiert und auch die Nachbarn hatten einiges eingebüßt. Die Wüste präsentierte sich nun als verkohltes Feld von enormen Ausmaß. Oppenheimer hatte die Zündung seiner Waffe natürlich unbeschadet in einem Hubschrauber überlebt, dessen Pilot sich vor seinen Augen einfach in seine Atome auflöste, doch der clevere mitfliegende Robert konnte den nur leicht ramponierten Helikopter sicher landen. Verwundert und auch beeindruckt von der immensen Vernichtungskraft seines Oppenheimerkopes rief er sogleich seinen Präsidenten an.

Trump wunderte sich: "Kongo? Von dem Land hab ich schon etwas gehört..." Angestrengt überlegte er, ehe sich seine Züge glätteten. "Ja natürlich, die McDonalds-Filiale, von der ich immer meine Burger beziehe, beschäftigt einen Koch aus dem Kongo - der wollte einmal ein Autogramm von mir. Hm, besser ich wechsle die Filiale, falls er mich irgendwie mit dem Verlust seiner Heimat in Verbindung bringt...."

In den Medien hielt man sich mit der Berichterstattung über das Unglück am fernen Kontinent ohnedies sehr zurück. Eine kurze New York-Times-Notiz verkündete nur in zwei Zeilen, das Bevölkerungswachstum in Afrika wäre auffallend zurückgegangen.

Doch es kam noch schlimmer: Mittlerweile hatte sich Wernher von Braun nämlich bei der NASA soweit eingelebt, dass er mit neuen Skizzen sein neues Projekt auf den Weg bringen konnte: die künstliche Sonne - auch KS genannt, welche jene Erdseite, die gerade von der Sonne abgewandt war, vom All aus beleuchten sollte. Alle angefragten, unter ihrem künftigen künstlichen Sonnenschein liegenden Länder hatten begeistert zugestimmt und sich schon über die Stromkostenersparnis der nun nutzlos werdenden Straßenbeleuchtung gefreut.

Die KS wurde in drei Fertigteilen von Florida aus ins All geschossen und dort von den bienenfleißigen Astronauten der ISS zusammengeschraubt. Ihr wohnte ein Plutonium-Plasma-Kern inne, der ebenso vom genialen Wernher von Braun konstruiert worden war, und leuchtete heiß & hell. Dafür erwartete sich der kühne Konstrukteur den Nobel-Preis, so lange dieser noch existieren durfte.

Nach drei Tagen, bzw. Nächten, in welchen die KS wie vorgesehen brav ihren Dienst getan hatte, begannen einige Probleme virulent zu werden. Es begann zuerst ganz harmlos mit einigem Blinken, so als würde sie die von ihr abhängigen Erdbewohner noch warnen wollen, dann jedoch gefährlich zu eskalieren. Die KS hatte im Orbit ihre Bahn verlassen und schnellte nun mit atemberaubender Geschwindigkeit Richtung Erde. Der Aufschlagsort konnte - bei gleichbleibendem Tempo - schon in wenigen Minuten nahe Prag ausgemacht werden. Eine Stadt in kurzer Zeit zu evakuieren, war naturgemäß immer mit Massenpanik verbunden. Doch die Behörden zögerten nicht und erließen per Rundfunk, Internet und sogar vermittels Lautsprecherdurchsagen von Einsatzfahrzeugen einen entsprechenden Räumungsbefehl. Es kam zu Tumulten und auch Plünderungen, Übergriffen und spontanen Raubzügen - wie sie der menschlichen Natur nun einmal in den Genen lagen. Wer nicht genug Eigentum auf die Flucht mitzunehmen hatte, der wollte sich schließlich mit geeignetem Gepäck auf den Weg in ein hoffentlich besseres Leben aufmachen.

Man war also nicht ganz unvorbereitet, doch auf einmal - man konnte später nicht feststellen warum - geriet das Wunderwerk von Brauns völlig aus der Berechenbarkeit und knallte wider Erwarten auf russisches Staatsgebiet nieder. Die verheerende Wirkung des PP-Kerns hatte ganze Arbeit geleistet und das größte Land der Erde, samt seinen ehemaligen Sowjet-Gebieten in eine flammende Hölle verwandelt. Dagegen waren die Buschbrände in Australien nur ein kleines Lagerfeuer gewesen.

Immerhin gelang es Trump mit einem Anruf am Roten Telefon, den auf wunderbarer Weise verschonten Wladimir Putin wieder zu versöhnen. Er kündigte ihm an, Wasserbetten sonder Zahl nach Russland zu senden, um die überlebenden Brandopfer ausreichend behandeln zu können.

Wer nun dachte, das Schlimmste sei überstanden, der kannte Einsteins Größe nicht. Denn wenig später hatte das physikalische Genie den LHC nach seinen Wünschen in eine Möbius-Band umgewandelt und startete den ersten Versuch, wobei die Cern-Maschine noch abschaltete. Ziemlich verärgert reiste Albert Einstein daraufhin mit seiner neuen charmanten Lebensgefährtin, der schweizer Ex-Schönheitskönigin, nach Amerika ab. Kaum dort angekommen ergatterte diese noch eine Packung Curies Creme. Jedenfalls bekam er den zweiten Anlauf zur großen Einweihung seiner Erfindung nicht persönlich mit, doch erfuhr er aus den News, dass es ein

Unglück gegeben habe: Mit einem Geräusch eines gigantischen PLOPPs verschwand die Schweiz und die umliegenden Länder bis zur tschechischen Grenze östlich, bis zur norwegischen im Norden und im Westen bis zur portugiesischen von der Erdoberfläche, es blieb nur unbebautes und unbegrüntes Ödland übrig. Drunten im Süden allerdings blieb - warum auch immer - noch Monaco erhalten, was die dortigen Milliardäre sehr freute. Dort, wo einst die Spuren großer Kulturen zu finden waren, plus die modernen Bauten der Nachkommen des alten Kontinents, sah es düster aus. So, als wäre eine Dampfwalze über alles drüber gerollt, eine Dampfwalze vom Ausmaß der 100fachen Titanic.

Einstein befand sich während des großen Plopps gerade rechtzeitig zurück in den USA, um dem Präsidenten zur Wiederwahl für die zweite Amtsperiode zu gratulieren. Dieser twitterte aus gegebenem Anlass: Ich bin sehr betroffen und im Geiste bei den Verschwundenen und schließe alle in mein Abendgebet ein.

Insgeheim freute ihn aber, dass nun zwangsläufig die ewigen Vergleiche mit Europas Wirtschaft aufhören mussten. Zynisch gesprochen: ein großer Konkurrent weniger, doch nach außen hin gab er sich sehr ernst und verkniff sich sein süffisantes Gewinnerlächeln.

Die Amerikaner nahmen den teilweisen Verlust von Europa eher auf die leichte Schulter. So plauderten darüber drei Rodeo-Clowns im tiefsten Texas ganz locker darüber.

"He Tom, wusstest du, dass Europa nimmer steht?"

"Nein Dick, ich hatte schon Mühe damit, es in meiner Schulzeit auf der Landkarte zu finden. Was meinst du dazu, Harry?"

"Ach, ich wusste gar nicht, dass es überhaupt existiert hat!"

Der General konnte die Ereignisse kaum richtig verarbeiten und suchte den greisen Professor persönlich auf. Dieser weilte derzeit in einem komfortablen Haus in Cape Caneveral nahe des Weltraumbahnhofs mit Aussicht auf die Atlantikküste - eine inspirierende Gegend, wo Ideen wie Ideen ins Weltall schießen konnten.

Auf den Verlust von vielen Menschenleben angesprochen, meinte Einstein nur larmoyant: "Es besteht immer noch die Möglichkeit, dass mir etwas einfällt, alles wieder rückgängig zu machen."

"Möglichkeit ist noch immer das Gegenteil von der Wirklichkeit."

"Naja, unter Druck entstehen auch Diamanten. Übrigens bin ich in Trauer, meine Gefährtin entschlief plötzlich und unerwartet in der Nacht."

"Herzliches Beileid", presste Hobbs zwischen seinen Jacketkronen hindurch. "Aber bitte trauern Sie so, dass es sich nicht wieder auf andre Menschen letal auswirkt!"

XVIII. Am Ende der Welt

In der auf der Erde vergangenen Zeit erreichte Södluf nun endlich seinen obersten Befehlsgeber, der von einer Reise aus dem Orion-Nebel nach REPTILIAS, das die Menschen unter dem Namen 'Bootes Void' kennen, zurückgekommen war, um sich von ihm die Einzelheiten des gelungenen Plans berichten zu lassen. REPTILIAS befand sich innerhalb einer Dyson-Sphäre gigantischen Ausmaßes - ein Reich, in welchem die Sonne nie untergehen konnte, da um sie herum eine fabelhafte 360°-Welt erbaut worden war. Die surrealen Farbspiele an den Übergängen von den Wohnorten zu den opulenten Residenzplätzen faszinierten in grell-bunter Regenbogenoptik - so wie beim Rauschzustand eines LSD-Konsumenten - und zeigten sich sogar leichtfüßig schwebend begehbar, sodass keine Transportvehikel zu deren Nutzung benötigt wurden. Eine tragfähige Augenweide, die ein normaler Mensch für eine Halluzination gehalten hätte.

Sehr zufriedenen Ausdrucks sprach von seinem Platin-Thron der Oberste - ein Reptiloid von vier Metern Höhe inklusive eines kronenartigen Kammes auf dem Haupt - mit sonorer Stimme: "Menschen sind so naiv und unbelehrbar wie sie immer waren - eine selten stupide

Spezies mit emotionalem Overload. Schon in ihren Mythen gab es einen Trojanischen Krieg. Sie merken nicht, dass wir in die Auferstandenen unsere Saat pflanzten, um ihren Planeten für uns zu gewinnen."

"Die archaische Methode führte schneller an unser Ziel", bemerkte ein Widersacher Södlufs spitz, welcher zur Rechten des Obersten saß.

"Acht Milliarden vergnügungssüchtige Schädlinge brutal durch eine Plasmawelle zu vertilgen, ist zu aufwendig und zerstört Natur plus hübscher Infrastruktur des Planeten", belehrte ihn Södluf höflich. "Unsere zehn Antichrist-Hybriden schaffen das sauberer, sodass wir uns bei der nächsten planmäßigen Landung schon bequem in ihre kuscheligen Behausungen einnisten können! Einige dieser drolligen Exemplare könnten wir in Terrarien halten. Oder sie mit ihren Eingeweiden erdrosseln und als Fähnchen in den Wind hängen..."

"Mhm-mhm!" Ein wohlig klingendes Grummeln ertönte. "Was, wenn die drolligen Exemplare, wie du sie zu nennen beliebst, in der Gnadenfrist, die du ihnen nun verschafft hast, bei ihrer totalen Selbstzerstörung auch die hübsche Infrastruktur vernichten?"

"Das werden sie nicht, denn sie sind nicht vollkommen. Nicht einmal in der Zerstörung. Einiges wird immer von ihnen überbleiben. Es sind eben nur Primaten mit sehr begrenzter kognitiver Kapazität, die bei chronischer Überforderung ängstlich und aggressiv werden."

"Södluf, du weißt, dass wir diesen Primaten nun zehn ihnen weit überlegene Meister zur Zersetzung gesandt haben. Bist du sicher, dass dabei nicht doch alles zu Bruch geht?"

"Die zehn Auferstandenen haben schließlich unsre Gene in sich. Und sie werden ihre Aufgabe zu unserer Zufriedenheit erfüllen", verteidigte er seine These im Brustton der Überzeugung. Dem Antlitz eines Reptils konnte man zwar keine Gefühlsregung entnehmen, doch Södluf strahlte ungebrochenen Optimismus aus.

"Wie stehen die Machtverhältnisse auf der Erde?"

"Momentan führt die Anglosphäre leicht im Kampf um die Vorherrschaft gegen die Sinosphäre dank unserer Intervention. Daran wird sich nicht viel ändern. Doch zum baldigen Untergang sind beide Sphären verdammt!"

"Wir werden sehen", meinte der Widersacher skeptisch. "Dann ziehe ich also wie versprochen ins Schloss Versailles ein."

"Ich ins Weiße Haus", stellte der Oberste fest. "Das wird eine nette Abwechslung, wieder einmal auf einem so zerbrechlichen bewässerten Gesteinsbrocken zu residieren. Wohin willst du, Södluf?"

"Ach, ich werde wohl im Pentagon Quartier nehmen. Von dort plane ich dann in aller Ruhe die Übernahme des nächsten erdähnlichen Planeten! Ihr wisst ja, wir haben alle Zeit der Welt!"

XIX. Der Strafplanet

Etwas spät erfuhr der General durch einen Kameraden Genaueres von Oppenheimers ungewollter, doch kollateraler Entvölkerung Afrikas, der leider auch einige US-Soldaten zum Opfer gefallen waren.

"Toll, was Albert Einstein nicht durch seinen modifizierten LHC vernichtet hat, das tilgte nun Oppenheimer mit seiner Superwaffe und Wernher von Braun mit seiner verfluchten künstlichen Sonne", schimpfte Hobbs, der innerlich immerhin noch froh sein musste, dass das Absturzareal der KS von Brauns und Einsteins LHC-Spielfeld nicht in den USA lagen.

Im Büro des Präsidenten hatte der unglückliche General ein Vier-Augen-Gespräch mit der kolossal wirkenden Naturgewalt namens Donald Trump. Das allein reichte schon, ihn in eine bleierne Depression zu treiben. Wie zu erwarten war, musste er dessen Zorn über sich ergehen lassen, obwohl er stattdessen lieber tot über irgendeinem Gartenzaun hätte hängen wollen. Doch ein echter Mann trotzte allen Gefahren. Auch, wenn er völlig zu unrecht Trumps Wut über das Sich-Entschuldigen-Müssen wegen der Großtaten seiner Wiederauferstandenen hinzunehmen hatte, ganz zu schweigen von den zu erwartenden horrenden Kosten der unzähligen Wasserbetten.

"Ich verstehe ja, dass Sie erzürnt sind, Sir, da sich die hochgeschätzten Wiederauferstandenen nicht so verhalten, wie wir uns das gewünscht hätten", gab Hobbs schweren Herzens zu.

Trump erhob sich aus seinem Stuhl und kam langsam auf ihn zu. "Das ist noch milde ausgedrückt, um nicht zu sagen euphemistisch."

Hobbs wich vor dem auf ihn zukommenden Präsidenten in eine Ecke des Raumes zurück. "Ich verstehe auch, dass Sie mich jetzt gleich feuern werden."

Mit seiner einnehmenden Art nagelte Trump den General in der Ecke fest und textete ihn gnadenlos mit seinem Sermon zu, ja er spickte ihn regelrecht mit harschen Worten, die dem armen Kerl den Angstschweiß auf die Stirne trieben.

"Es geht nicht nur darum, dass SIE bald Ihre Uniform an den Nagel hängen müssen, plus die damit verbundenen Rentenansprüche verlieren werden", kündigte Trump in leisem, aber sehr nachdrücklichem Ton an, "sondern auch darum, dass Ihre entzückenden Töchter ihre guten Jobs verlieren und bald obdachlos werden und fürderhin als Bag-Ladies die Straßen durchstreifen und nach abgelaufenen Nahrungsmitteln in Müllcontainern suchen werden! Wen werden die beiden wohl dafür verantwortlich machen? MICH bestimmt nicht! SIE werden die Wut und Verachtung Ihrer Nachkommen sehr deutlich zu spüren bekommen!"

"Mr. Präsident, wir tun was wir können. Es ist wie in einem Horrorfilm."

"Jaja, ich weiß, und in jedem Horrorfilm gibt es ein Monster. In unserem Horrorfilm ist nicht nur dieser Harris das Monster, fürchte ich."

Nein, DU bist es auch, schoss Hobbs bei dem letzten Satz des Präsidenten durch den Kopf, doch er vermied es, das auch auszusprechen, da er nicht taktlos sein wollte. "Wir konnten Harris bereits aus dem Verkehr ziehen, Mr. Präsident! Und Einstein versprach, sich um die Rück-äh-bringung der europäischen Bevölkerung zu bemühen."

"Ich hoffe für Sie, dass er Erfolg hat! Sonst werden Sie sich bald selbst nicht wiedererkennen!"

Der General wusste nun, dass seine Karriere praktisch tot war, denn wenn Trump mit Dreck warf, blieb jedenfalls etwas kleben. Und es dauerte auch nicht lange, da hatten die Töchter des Generals aufgrund Trumps angekündigter Strafaktion ihre Jobs verloren und suchten ihren Vater deswegen im wahrsten Sinne des Wortes heim.

Für Hobbs schien der Moment, in welchem er sich im Kreise seiner beiden Liebsten befand, wie ein Rutsch der Zeit aus ihrem Kontinuum zwischen Vergangenheit und Zukunft ins Hier und Jetzt. Früher musste er bei ihnen den verständnisvollen Seelentröster bei Sorgen geben, sie auf die Herausforderungen der Zukunft vorbereiten und heute gab er den Angeklagten ihrer Nöte. In einem klärenden Gespräch mit seinen Töchtern Elaine und Susan - beide blondgefärbte Schönheiten - musste Hobbs, der wie ein armer Sünder im Wohnzimmer seines Hauses in Boulder City saß, vor allem von Elaine einige Vorwürfe einstecken.

"Du hättest niemals auf solchen Frevel einsteigen dürfen, Dad. Die Toten wieder auferstehen zu lassen, konnte ja nur in eine riesige Katastrophe münden! Warum hast du dir nichts Nützliches gewünscht, wie zum Beispiel eine nie versiegende Nahrungsquelle zur Beendigung des Hungers auf der Welt?"

"Elaine, ich bitte dich, sei nicht so naiv, es gibt genügend Nahrung für alle auf der Welt, doch die Gier der Reichen ist zu groß! Es scheitert an der gerechten Verteilung."

"Dann hättest du dir doch eine solche gewünscht! Schon Aesop sagte im 6. Jahrhundert vor Christus: Was auch immer du tust, tue es klug und bedenke das Ende." Schon in ihrer Kindheit als Drama-Queen bekannt gewesen, wurde sie diesem Titel auch heute - trotz eines Studiums an der Yale-Universität - gerecht. Die Haut auf ihrer hohen Denkerstirn kräuselte sich unvorteilhaft. "Ich wünschte, ich wäre nur irgendjemandes Tochter und nicht DEINE!"

Susan rief ihre renitente Schwester zur Ordnung: "Beherrsch dich gefälligst, du hast hier nicht einen deiner unzähligen Liebhaber vor dir. Wessen Tochter willst du denn lieber sein? Etwa die eines Serienkillers?"

"Nein, nur die eines ehrbaren Bürgers! Begreifst du nicht, dass er uns mit in den Abgrund zieht?"

"Du kriegst noch Falten vom vielen Grimassieren, Schwesterherz!"

"Ach, halt doch den Rand und misch dich nicht ein!", kreischte Elaine, wobei einige Speicheltröpfchen aus ihrem tiefrot geschminkten Mund spritzten. Wie ein zum Leben erwachter Wasserspeier in einem teuren Nadelstreifkostüm fuhr sie herum, wandte sich dann wieder dem depressiv wirkenden Vater zu. Ihr penetrantes Parfum umhüllte sie wie eine unsichtbare Wolke. "Ich träumte vom Fliegen und nun stürze ich ins Nichts! DEINETWEGEN!!!"

"Wenn du das sagst, dann lächle!", riet ihr Hobbs, um seine Bitterkeit zu überspielen.

Ziemlich aufgebracht schnappte sie sich ihre braune sehr teure Designer-Handtasche und verließ hastig sein Haus - ohne zu lächeln.

"Gräm dich nicht, Dad, bisher war das Schlimmste, was ihr passiert ist, ein abgebrochener Fingernagel!"

"Und was war für dich das Schlimmste?", erkundigte er sich besorgt.

"Ihre Geburt! Ich habe Mom wirklich geliebt, bis sie Elaine zur Welt brachte!" Ausatmend nahm sie ein Glas von der Bar und goss sich Whisky ein, den sie ex trank.

"Oh, ich dachte, ihr versteht euch."

"Du hast doch eben erlebt wie sie reagiert, wenn etwas nicht nach ihrem Kopf geht. Als Kind war das noch viel ärger. Nur hast du es nie mitbekommen, weil du selten daheim warst!"

Gegenüber seiner älteren Tochter Susan ließ der General daraufhin so etwas wie eine Entschuldigung hören. "Ja, deine ersten Schritte habe ich leider verpasst, da ich im Golfkrieg kämpfte..."

Nun unterdrückte sie ein Schmunzeln. "Vielleicht ziehen die Männer so gern in den Krieg, weil sie dem häuslichen Kleinkrieg entfliehen wollen."

"Mein Beweggrund resultierte aus Patriotismus."

"Wärst du Pazifist gewesen, hättest du unserem Land auch dienen können, obwohl das zivile Berufsleben ebenso zum Schlachtfeld geraten kann." Nun schien sie traurig zu sein. Betreten sah sie zu Boden. Draußen senkte sich die Nacht über Boulder City und schickte ihren Kleinstadtcharme schlafen. Doch im Hause Hobbs waren alle hellwach.

"Es tut mir leid, was ich verursacht habe. Es scheint mir fast so, als hätte ich das Weltengefüge ins Wanken gebracht. Jedenfalls für euch beide, meine Liebsten, wo ihr nun meinetwegen arbeitslos geworden seid."

Susan, die in ihrer weißen Bluse und dem blauen Kostüm wie eine Musterschülerin vor ihm stand, sah ihn ganz neutral an, stellte ihr leeres Whiskyglas ab und holte tief Luft. "Ach Dad, du wolltest nur das Beste aus einer Chance machen. Du kannst nichts dafür."

"Doch, doch", bestand er. "Für die Abwärtsentwicklung bin letztendlich ich verantwortlich, Und am schlimmsten war, dass ich mich für Harris' Sohn eingesetzt habe. Zur Hölle mit ihm!"

"Ich glaube, wir sind schon mitten drin", überlegte Susan und strich sich eine Haarsträhne aus dem Gesicht. "Weißt du, was ich glaube, Dad? Wir sind auf einem Strafplaneten. Ja, wir haben uns irgendwo im Universum oder in einer Parallelwelt etwas zuschulden kommen lassen, das wir nun hier bis zu unsrem Tode abbüßen müssen. Erst dann können wir in unser richtiges Leben wieder zurück!"

"Aber eine Strafe hat doch nur Sinn, wenn man weiß WOFÜR man zu büßen hat", wandte ihr Vater ein.

"Das dachte ich zuerst auch, doch dann kam ich drauf, dass diese Unwissenheit, diese scheinbare Unschuld und das damit verbundene Hadern eine Art von Strafverschärfung darstellt", führte sie aus.

"DU haderst?"

"Sicher, denn ich bin nicht glücklich.... "

"Sicher, weil du keinen Partner hast."

"Ach Dad, einen passenden Partner findet man seltener als einen weißen Elefanten."

"Jetzt übertreibst du aber, Susan! Erinnerst du dich noch, als du bei deinem Fahrradunfall im Schock ausriefst: Halt die Welt an, Daddy, ich will aussteigen?"

"Wie du immer sagtest: Vivere Militare Est - Leben heißt kämpfen,,," Ihre Miene spiegelte eine verhängnisvolle Mischung aus Verzweiflung und Langeweile wider, obwohl sie mit ihren 30 Jahren als PR-Fachfrau einer renommierten Firma beruflich am Höhepunkt stand. Selbst der durch die Feinde ihres Vaters erzwungene Rauswurf machte ihren Erfahrungsschatz und die Chancen auf Jobwechsel nicht geringer.

"Das ist dein Problem, Susan, du bist viel nachdenklicher als Elaine, daher fehlt dir ihre Lebensfreude..."

"Es gibt für alles zwei Worte, Dad, ich nenne Elaines Verhalten Verantwortungslosigkeit!"

"Oh! Na immerhin gibt es doch auch glückliche Menschen auf deinem angeblichen Strafplaneten. Sogar ziemlich viele, wenn man Umfragen Glauben schenken darf."

"Ja sicher, das sind Leute mit erfolgreichen Lebenslügen, die sich und andern Niederlagen geschickt als Siege verkaufen. Schon Ramses II. hat seinen verlorenen Feldzug gegen die Hethiter nach der ruinösen Schlacht bei Kadesch den Ägyptern als seinen großen Sieg verkauft und auf Tempelwänden einmeißeln lassen! Mit dieser Lüge kam er bis in die Neuzeit durch, als er schon längst eine verschrumpelte Mumie war."

"Susan, es liegt mir fern zu philosophieren, doch die Abwesenheit von Unglück sollte für dich schon Glück genug sein", mahnte ihr Vater.

"Ach Dad, ich wollte, es wäre so! Für mich jedenfalls ist die Erklärung mit dem Strafplaneten eine große Hilfe, denn plötzlich gibt alles Sinn. Warum müssen Kinder sterben? Was meinst du, Dad?"

"Um ihren Eltern Schmerz zuzufügen?"

"Nein, sie haben eben nur eine kurze Strafe!", erklärte sie mit apodiktischer Überzeugung.

"Dann hat auch der Spruch 'only the good die young' seine Berechtigung!"

"Dann müsstest du auch schon im Jenseits weilen, Dad! Wir müssen weiter leiden und haben nur engen Spielraum, wie ein Häftling, der sich nur aussuchen kann, in welcher Zellenecke er steht und auf die eine Stunde Hofgang freut..."

"Dieser Hofgang bedeutet wohl einen langen Urlaub oder auch den Mondflug, was?"

Beiden gelang nun ein versöhnliches Lächeln.

XX. Der verlorene Sohn

Obwohl nicht verlautbart, hatte die Nachricht von Erics Betonisierung ihren Weg in die sozialen Medien gefunden - wie so oft, wenn mehrere Leute in eine Aktion involviert waren, konnte man mit Stillschweigen nicht rechnen. Es wurde daher rasch publik. Da es eine langjährige amerikanische Leidenschaft für Schurken gab, wurden immer wieder Fotos - Selfies - oder Videoclips für YouTube an dem denkwürdigen Platz vor, auf und neben dem Betonklotz angefertigt, in welchem der von vielen angehimmelte Schurke Eric Harris festsaß, und mit launigen Kommentaren online gestellt. Hier einige davon:

'Hier steh ich mit dem größten Schulkiller, der je die USA unsicher gemacht hat! Er trägt heut schwere Kleidung :-D'

'Seht her, unter dem Beton schlägt ein Herz aus Stahl und ich kann es hören!'

'In Stein verpackt und abgewrackt - haha - der kann nimmer abdrücken!'

'Schade, dass Beton nicht durchsichtig ist, denn dann könntet ihr sein Gesicht sehen, so müsst ihr euch mit meinem begnügen xoxoxo!'

Einige der Sprüche hatten auch die kurze Distanz zu seiner Mutter überwunden und ihr seelische Schmerzen zugefügt. Jedenfalls trauerte sie noch um ihren Gatten, nun auch noch um ihren wiedergeborenen Sohn trauern zu müssen, der doch angeblich unsterblich sei, das nahm sie nicht hin und sich schließlich einen Anwalt, welcher den Ruf eines Winkeladvokaten trug. Gottes Mühlen mahlten bekanntlich langsam und die Mühlen der Justiz ebenso - sie wurden beim Mahlen nur schnell müde. Dennoch gelang es dem Rechtsverdreher nun per gerichtlichem Bescheid, die sofortige Rückgängigmachung der Betonisierung zu erreichen, was dem General natürlich die Wut ins Gesicht und den Blutdruck in die Höhe trieb.

So versammelte man sich nun an jener Einöde nahe der Straße, wo das mit seinem Körper darin belebte Denkmal des frechen Buben stand. Der General in seiner Uniform sah aus, als sei er auf dem Kriegspfad, Mrs. Harris in ihrem pastellfarbenen Kleid eher, als sei sie auf einer Friedens-Demo. An ihrer Seite wartete der Anwalt in einem Maßanzug gespannt wie ein Hund auf einen Knochen, was nun zutage treten würde.

Der bestellte Bauarbeiter am Presslufthammer gab dem Kollegen am Kompressor ein Zeichen, diesen einzuschalten, dabei scherzend: "Jetzt weiß ich, was Michelangelo meinte, als er sagte, er müsse seinen David nur mehr aus dem Stein herausmeißeln!"

Der Presslufthammer schnaubte und wirbelte Staub und Steinchen auf, kaum, dass er in den Betonklotz getrieben wurde. Langsam bröckelten die Steine ab und Risse entstanden, auf einmal bewegte sich etwas und der über und über mit Staub bedeckte Eric erwachte zum Leben, d.h. er bewegte sich und schüttelte den Staub - so gut es eben ging - von seiner Kleidung ab und hustete wie ein Kettenraucher kurz vor dem Abkratzen.

"Mann, bin ich sauer!"

"Eric, mein Junge!", rief ihm seine Mutter zu und breitete einladend ihre Arme aus.

"MOM!" Freudig stürmte er auf sie zu und umarmte sie.

Es war eine herzzerreißende Szene, die in jedem Film zum Taschentücher-Zücken gereizt hätte.

"Ich hab dich so vermisst! Was hat man dir nur angetan!"

"Das war der General!" Anklagend zeigte Eric mit dem Finger auf Hobbs. "Er hat mich einfach einbetonieren lassen, der fiese Fettsack! Aber es hat viele Vorteile unsterblich zu sein. Unter anderem kann man Idioten überleben und miese Zeitspannen überdauern. Mach dich auf was gefasst, du Uniformständer!"

"Ich rate Ihnen, nichts mehr zu sagen", warnte ihn der Anwalt. Ein erfahrener Winkeladvokat namens Willy Groß. "Kommen Sie, ich habe meinen Wagen ganz in der Nähe geparkt!"

Der General sah fassungslos zu Sheriff Garth: "Müssen wir ihn wirklich anziehen lassen?"

"Nicht nur das", antwortete Garth deprimiert, "wir müssen auch noch die Beseitigung des Betons bezahlen!"

Auf dem Weg in sein neues Zuhause - schließlich waren seine Eltern nach seinem Tod aus Colorado hierher nach Las Vegas in Nevada umgezogen - saßen Eric und seine Mutter im Fond des Lincoln, den der Anwalt chauffierte.

Die besorgte und überglückliche Mutter putzte eifrig mit einem Kosmetiktüchlein aus ihrer Handtasche das zementstaubbeschmutzte Gesicht ihres wiedergefundenen Sohnes. Neugierig verfolgte Groß die Prozedur über den Rückspiegel, was Eric natürlich nicht verborgen blieb.

"Mann, gucken Sie auf die Straße. Ich bin zwar unsterblich, aber meine Mom leider nicht."

"Verzeihung." Gehorsam richtete Willy Groß seine Aufmerksamkeit nach vorne.

"Ich bin so glücklich, Eric, dass dich Gott wieder zu mir zurückgeschickt hat." Obschon sie ihren Mann verloren hatte, glaubte sie mit ihrem einst verlorenen Sohn nun das Glück gefunden zu haben.

"Nein, Gott war's nicht", stellte er ruhig fest.

Ungeachtet dieser Stellungnahme sprach sie weiter: "Immer, wenn ich neue Leute traf, war ich ein wenig traurig, weil ich dich denen nicht vorstellen konnte." Schnell holte sie ein neues Kosmetiktüchlein heraus.

"Ach, auf neue Leute bin ich eigentlich ohnehin nicht erpicht!"

"Bald siehst du wieder wie ein Mensch aus!", freute sie sich während ihrer peniblen Putzaktion. "Möge Gott uns noch viele gemeinsame Jahre schenken!"

"Mom, lass Gott aus dem Spiel!", raunte ihr Eric zu. Er schien seinen persönlichen Krieg mit dem höchsten Wesen auszufechten.

Der Anwalt fühlte sich bemüßigt, etwas zur Konversation beizutragen. "Dass die Leute überproportional oft von Gott sprechen, ist darauf zurückzuführen, dass sie schon von Kindheit an immer so Phrasen wie GOTT-SEI-DANK oder GOTT-IST-MIT-UNS hören wie eine Gehirnwäsche im Schleudergang."

Ohne darauf einzugehen, erkundigte sich Eric, der von seiner Mom fast schon wieder blitzblank geputzt worden war: "Wo fahren wir überhaupt hin?"

"In unser neues Haus, das du noch nicht kennst. Wir wohnen jetzt in Nevada, das heißt, nach dem Tod deines Dads lebe ich allein da. Hier ist es ganzjährig sehr angenehm mild und die Menschen sind freundlich", berichtete ihm seine Mutter.

"Das hör ich gern, denn in Littleton habe ich die meisten miesen Menschen gehasst. Na, immerhin bin ich in ihrem kollektiven Gedächtnis für immer verankert. Was ist denn alles während meiner Abwesenheit passiert?"

"Oh, eine ganze Menge!", sagte seine Mutter und reinigte ihm nun mit einem weiteren frischen Tüchlein seine staubigen Hände.

"Das Zeug geht gar nicht so einfach ab", beschwerte er sich. "Erzählt mir nur das Wichtigste. Also keine Nachrichten über die Nachbarn oder Ex-Mitschüler von mir!"

"Da wäre 9/11", beeilte sich der Anwalt, das wohl wichtigste Ereignis anzusprechen. Ein Tag, an dem sich einiges in der Welt geändert hatte.

"9/11? Ein wichtiges Datum", freute sich Eric und kratzte sich die letzten Reste von Staub aus seinen

Fingernägeln. "Am 11. September 1981 wurde mein bester Freund Dylan Klebold geboren!"

Der Anwalt fuhr mit redegewandter Stimme fort: "Und am 11. September 2001 ließ ein gewisser Osama bin Laden, der in Saudi-Arabien geboren und Jahre später in Pakistan von unseren Elitesoldaten erschossen wurde, zwei vollbesetzte Linienflugzeuge von seinen Schergen entführen und in die New Yorker Twin-Towers crashen. Dieser unvergleichlich arglistige Terroranschlag wurde weltweit übertragen!"

"WAAAS?", fragte Eric fassungslos. "Das war MEINE IDEE! Ich habe das schon 1998 in meinem Tagebuch erwähnt, Die Idee ist so verdammt großartig, dass sie dieser Kameltreiber vom Arsch der Welt niemals gehabt haben kann!"

"Beruhige dich, Eric, leider hat die Polizei alle deine Unterlagen aus unserem Haus beschlagnahmt und Teile davon sogar im Internet veröffentlicht", verriet ihm seine Mutter. "Nur mit den Basement-Tapes warten sie noch, wahrscheinlich bis sie im Wert steigen."

"Verdammte Scheißkerle! Schmücken sich mit meinen Federn und verdienen Geld auf meine Kosten! FRECHHEIT!!! Die werden wir uns alle gerichtlich vorknöpfen, verstanden, Anwalt?"

"Das wollte ich Ihnen eben vorschlagen", beeilte sich dieser zu versichern, ehe er einem die Straße kreuzenden

Kojoten auswich. Das Tier war so schlank, dass man die Rippen unter seinem räudigen Pelz zählen konnte...

Der Hiobsbotschaften nicht genug, drang nun auch noch die Schreckensnachricht von Einsteins Plan zum Bau eines neuen Möbius-Rings in Florida zum General. Dem fiel fast sein iPhone aus der Hand. Sein neues Ziel war nun Cape Caneveral und sein Herz pochte dabei, als müsste es das Blut im Akkord durch seine Adern pumpen.

Daheim bestürmte die Mutter Eric, den sie ins Gästezimmer einquartiert hatte, sogleich mit der Frage nach seinen Plänen für seinen weiteren Lebensweg.

"Es liegt wohl auf der Hand, dass ich nicht nach Columbine zurückkann, um meinen Schulabschluss nachzuholen", grinste er diabolisch. "Außerdem garantiert ein Abschlusszeugnis eh keinen Erfolg im Beruf. Sogar der alte Einstein war ein Schulversager."

"Ja, ich weiß. Leider hat sich seit deinem Tod nicht viel im Schulsystem geändert und es gab noch über 200 Amokläufe. Die dortigen Zustände würden dich nur wieder auf abwegige Ideen bringen", gestand sie sich und ihm ein.

"Das fand auch zu einer Zeit statt, in der die Menschheit gerade mal den aufrechten Gang erlernte", maulte er. "Daran will ich nicht erinnert werden!"

"Aber du musst doch etwas arbeiten zum Geldverdienen - bis zum Beginn des Prozesses, den Mr. Groß gewinnt, dauert es noch. Und um deine Zeit sinnvoll zu verbringen und dafür brauchst du das Wissen-"

Mit verdrehten Augen und nach vorne ausgestreckten Armen stoppte er sie: "Mom, ich komme ins Schwitzen, wenn ich dir zuhöre. Ich entwickle einfach eine APP und werde steinreich damit!" Sein Antlitz strahlte jugendliche Zuversicht aus. Das Siegerlachen von jemandem, der überzeugt davon ist, es - wie auch immer - in dieser feindlichen Welt gegen alle Widerstände schaffen zu können. Ungeachtet all der Seitenhiebe einer unbarmherzigen Presse und all der Hindernisse, die ihm von neidvollen Zeitgenossen noch in den Weg gelegt werden.

"Ach, du bist ja technisch auf der Höhe der Zeit, wie ich sehe..."

"Ich bin nicht nur auf der Höhe der Zeit, sondern ihr sogar weit voraus. Mach dir keine Sorgen!"

"Eric, du hast Dad doch nicht erschossen oder?" In ihren Augen stand die Furcht vor einer bejahenden Antwort.

"Natürlich nicht! Ich habe eine unvergleichliche Katharsis hinter mir", behauptete er mit einer demonstrativ bedeutungsschwangeren Miene, so, als würde er der Welt deren Verunglimpfung seiner Person und die Verachtung seiner Tat vor die Füße werfen.

"Ich habe auch nicht geglaubt, dass du damals in deiner Schule...", sie brach den Satz ab und sah bedrückt zu Boden.

"Ja, das war damals ich, aber die Jocks haben mich und den armen Dylan dazu förmlich getrieben, sie haben wie verrückt darum gebettelt, dass ihnen wer einen Denkzettel verpasst." Er musste das Lachen verbeißen.

"Wir mussten damals eine Menge Geld bezahlen." Der Satz klang nicht im geringsten vorwurfsvoll, nur rein informativ.

"Das ist ja übelste Sippenhaftung, ihr hättet euch einen cleveren Anwalt nehmen sollen, denn wenn einer haftbar ist, dann der Staat, der so infam unfähige Lehrer und einen feigen Direktor beschäftigt hat, die immer weggesehen haben, wenn ich oder Dylan eins auf die Rübe bekommen haben", deklamierte ihr Eric wie aus einem Lehrbuch gegen Mobbing herunter. "Dabei hatten die Idioten eine Überwachungsanlage, doch waren zu blöd oder zu faul, sie zur Erziehung zu nutzen, oder beides, was weiß ich. Wir waren Opfer der Symptome einer völlig falschen Schulkultur! Wenn ich nur dran denke, dass so viele Wixer überlebt haben..."

"Du hättest es sicher lustig gefunden, wenn du gehört hättest, dass viele Leute Marilyn Manson die Schuld an dem Amoklauf gaben."

"Falsches Problem. Musik hat niemals Schuld an Ereignissen, sie kann höchstens Schuldgefühle auslösen oder Hassgefühle kanalisieren - darum werden in Kriegsfilmen auch immer martialisch klingende Märsche gespielt, die faulste Ärsche auf Trab bringen. Und Musik kann dabei helfen, mit schwer aushaltbaren Gefühlen klarzukommen. Ich liebte den anarchischen Umgang mit ihr und hatte irren Spaß daran, meine aufgewühlten, verknoteten Gehirnwindungen mit aggressiven Rhythmen glattbügeln zu lassen", schwärmte er von den lauten Heavy Metal-Klängen in seinem damaligen Kellerstübchen - dem Basement.

"Ich fürchte, du hast zu viele Umwege im Kopf, mein Junge."

"Kann sein... Aber lass uns nicht Vergangenes wiederkäuen, feiern wir meine Wiederkehr und planen eine goldene Zukunft für uns beide, Mom!"

"Willst du Red Bull trinken?"

"Nein, das Kinderbelustigungswasser schmeckt wie ausgepresster Gummireifen. Ich bin alt genug, um mir Hochprozentiges einverleiben zu dürfen. Aber zuerst muss ich mir was Feineres anziehen." Kritisch beäugte er den Inhalt des Kleiderschrankes, in welchem seine alte Kleidung lag.

"Da habe ich schon deine Sachen reingelegt, die ich aufgehoben habe, denn damit fühlte ich mich dir nahe, ich hole dir sofort eine Flasche Sekt!" Eilig verließ sie ihn.

Während er sich umzog, machte er ein so zuversichtliches Gesicht, als hätte er schon eine Million Dollar auf seinem Konto.

Vor Einsteins Haus in Cape Caneveral standen sich der General und der Professor wie Duellanten gegenüber. Duellanten, die nur mit ihren Wörtern als Waffen agierten. Der General, obwohl von der vergangenen Katastrophe noch ziemlich aufgebracht, zwang sich zur Ruhe. Sein Gegner war die Ruhe selbst.

"Professor Einstein, jetzt weiß ich, dass die Skeptiker, die meinten, man solle conCERNed sein, vollkommen Recht hatten, den Wissenschaftlern zu misstrauen."

"Ach, lassen Sie Ihre sinnlose Wut doch nicht an den Wissenschaftlern aus! Es sind die überzogenen Erwartungen, die Schuld an Enttäuschung haben."

"Sind Sie vollkommen wahnsinnig?", fragte Hobbs entgeistert. "Sie haben halb Europa entvölkert!"

"So kann man das nicht sagen, SIE wollten doch, dass ich mich mit der Möglichkeit einer Zeitverzögerung beschäftige. Und Sie rieten mir noch, es mit Entropie auf subatomarer-"

"Ich weiß, was ich gesagt habe", unterbrach Hobbs ihn barsch. "Aber ich habe niemals von einer Auslöschung der Bevölkerung gesprochen!"

"Na-na-na", machte Einstein beschwichtigender Handbewegung. "Nun beruhigen Sie sich mal, bewahren Sie Haltung. Die müsste doch als Armee-Angehöriger in Ihrem Repertoire vorhanden sein."

"Herr Professor! Wem glauben Sie, wird man wohl die Schuld für den ganzen unheimlichen Prozess in die Schuhe schieben?"

"Sie fürchten das Urteil Ihrer Mitmenschen? Das nimmt mich Wunder, denn als Militarist sollten Sie doch gewohnt sein, auf nichts und niemanden Rücksicht zu nehmen. Wie nennen Sie es, wenn Sie unabsichtlich die eignen Stellungen beschossen haben? Friendly Fire - freundliches Feuer. Naja, auch die Wissenschaft fordert ihre Opfer und fragt nicht, um wen es sich dabei handelt, werter General! Und wo gehobelt wird, da fallen eben Späne! Ich werde mich bemühen, eine Lösung zu finden, doch ich kann den in Gang gesetzten Vorgang nicht einfach umkehren. So einfach funktioniert das nicht."

"Na immerhin wissen Sie ja nun, wie man es NICHT machen soll! Ich wundere mich, dass Sie vom Volkszorn noch nicht zerrissen wurden."

"Tja, die Leutchen hier haben mich willkommen geheißen wie den sprichwörtlich verlorenen Sohn."

"Bitte lassen Sie diesen Vergleich! Der erinnert mich an einen Sohn, der besser verloren geblieben wäre! Tun Sie um Gottes Willen, was Sie für richtig halten, doch verschlimmern Sie die Situation nicht noch", bat Hobbs ihn inständig. "Sie haben so eine Art 9/11 in die Wege geleitet, allerdings zum Quadrat!"

"Nur Mut und etwas Zuversicht, ich kriege das schon hin!" Einstein schien das ganze von der leichten Seite zu nehmen, denn er lächelte verschmitzt, so, als sei er nur bei einem kleinen Fauxpas erwischt worden, wie etwa dem Tragen seiner Schuhe ohne die passenden Socken. "Die Verschränkung der Quanten scheint mir etwas entglitten zu sein. Ich werde diesem Problem die ganze Bandbreite meines Talents schenken", schwadronierte er fröhlich. "Es wäre doch zu schade, wenn es mir nicht gelänge, all die reizenden Europäer zurückzubringen, deren Seelen den Zauber dieses Kontinents ausmachen! Übrigens finde ich, Sie hätten mit Ihrer grobschlächtigen Art nicht auf diesen Kontinent gepasst, Mr. Hobbs!"

Der General fühlte sich der Lächerlichkeit preisgegeben, doch versuchte krampfhaft, es sich nicht anmerken zu lassen.

XXI. Von Liebe & Hass

Nach einigen Tagen erfuhr Hobbs, der Beruhigungsmittel nehmen musste, vom Tod von zwei Ex-Schülern aus Columbine und es war für ihn ziemlich klar, dass dahinter nur einer stecken konnte.

Eric spielte den Unschuldsknaben, der musterhaft fleißig an seinem PC Programme für eine gewinnbringende APP erstellte. Seine fürsorgliche Mutter brachte ihm einen Teller mit Sandwiches ins Gästezimmer.

"In der Zeitung stand, dass zwei deiner Klassenkameraden unter mysteriösen Umständen starben. Du hast doch nichts damit zu tun?"

"Natürlich nicht, Mom! Fragwürdige Todesfälle gab's immer schon. Warum sollte es nicht zufällig jemanden treffen, den ich mal kannte? Ich habe jedenfalls keine Sehnsucht danach, wen auch immer von denen wiederzusehen", säuselte er und lächelte sie liebenswürdig an.

"Du wirst auch nicht wieder Schlösser verkleben und Bäume in Vorgärten anzünden?"

"Das hat man mir nie nachweisen können", entgegnete er aufgebracht. "Außer mir gab es schließlich noch andere verhaltensoriginelle Schulmitglieder, soll ich dir einige Namen nennen?"

"Nein-nein, ich glaube dir natürlich!" Beschwichtigender Geste verließ sie rückwärtsgehend sein Zimmer.

Laut ausatmend schien er sich wieder beruhigt zu haben. "Danke für die Pausenbrote!"

Kaum war seine Mutter verschwunden, öffnete er seinen Blog und trug ein: Ich hasse Lügner und bin doch selbst einer, ach, was für eine verfickte Welt... Und wenn ich an den unterbelichteten Direktor denke, wie hieß er noch... ah ja, DeAngelis, der lahmarschige Wixer, der uns so sträflich vernachlässigt hat und immer wegsah, wenn uns einer der Jocks belästigte, dann geht mir das Messer in der Hosentasche auf! Um den werde ich mich auch noch kümmern müssen, um mein persönliches Gleichgewicht wieder in Balance zu bringen!

Da kam seine Mom mit einem Packen Briefe erneut ins Zimmer, worauf er schnell seinen Blog schloss, ehe sie noch einen Blick darauf werfen konnte.

"Mom, jedes Mal, wenn du reinplatzt, zerstörst du meine Konzentration! Und es braucht Zeit, wieder daran anzuknüpfen!"

"Verzeih, aber ich vergaß ganz, dir deine Briefe zu bringen. Das Gefängnis, an das sie adressiert waren, hat sie geöffnet."

"Frechheit, wir werden den schleimigen Anwalt wegen Störung des Briefgeheimnisses auf sie hetzen", freute er sich und nahm den ganzen Packen entgegen, wartete, bis seine Mom das Zimmer erneut verlassen hatte, und begann zu lesen, konnte gar nicht glauben, was ihm da so geschrieben wurde, als er begierig die Zeilen überflog:

Oh, Eric, ich habe alle YouTube-Beiträge mit dir gesehen, es war ein Vergnügen, dir zuzusehen, egal ob beim Schießen oder beim Durch-die-Schule-streifen. Wenn ich damals in deiner High-School gewesen wäre, hätte ich dich um ein Date gebeten. Schreib mir doch mal! With Kisses & Love - Sarah aus Delaware, Postfach 555

Hi Eric! Schon seit deinem Tod bin ich dein größter Fan und innige Bewunderin! Du Cutie, wärst genau das, was mir der Arzt nicht zu verschreiben imstande ist. Was hältst du von einem Treffen bei Kerzenschein in meinem Zimmer, wenn meine Eltern nicht daheim sind? Sende mir eine E-Mail an paulinka69@porn.us

Dear Eric, wenn ich dich träfe, würde sich mein größter Traum erfüllen. An unserer Schule sind die Boys alle müde Luschen. Keiner hat so Super-Ideen wie du! Wenn ich denke, WAS wir so alles miteinander unternehme könnten. Wir könnten uns zuerst im Freien lieben und dann gemeinsam meine Familie umnieten. Vor allem meine Mutter, die Arsch-Madam, :-D! Werbe um mich unter Winony77@fandom.us

My dear Eric, ich betrauerte deinen Tod erst vor einigen Jahren, da ich 1999 leider noch nicht geboren war, denn wäre ich an der Mobbing-Schule gewesen, dann hätte ich dir geholfen. Zu zweit wären wir unschlagbar gewesen! Da hätte jede deiner Bomben gezündet. Schon aufgrund der Hitze zwischen uns. Komm doch zu mir! In ewiger Liebe Cassandra/ 11301 Wilshire Blvd. L.A.

Mein Ein & Alles, wie sehr ich bedauerte, Dich nie getroffen zu haben. Seit meiner Geburt vor 15 Jahren lebe ich auf einer Ranch in Arizona und reite seit einem Jahr immer auf einem Schimmel namens Eric aus, aber ehrlich gesagt, würde ich viel lieber auf Dir reiten, Eric! Ich wette, das würde Dir auch großen Spaß machen. Schießen können wir auch, Du könntest an unserem jährlichen Rodeo teilnehmen. Melde Dich bei mir! Deine Kitty Walters, 4711 E Cassia Way, Phoenix AZ 85044

Lieber Eric, auf meinem Twitter-Account bin ich in einer komplizierten Beziehung mit einem toten Jungen aus den 90ern, rat mal, wer das wohl ist... DU bist es, ich liebe Dich!!! Bisher konnte noch kein Bursche mein Begehren befriedigen, aber DU würdest es schaffen, allein mit deinem Anblick würdest du mich schon umwerfen! Zusammen wären wir wie ein Hochgeschwindigkeitszug, den nur ein Felssturz stoppen könnte. Mail mir bitte-bitte asap unter AnnaMolly@fanofcolumbine.us

Reb, du bist kein Monster, wie dich manche darstellen, sondern einfach schrecklich normal. Jeder an deiner Stelle hätte so gehandelt, außer einem Feigling. Es fällt mir so schwer, dich nicht mehr als Mythos betrachten zu können, sondern als meinen Zeitgenossen. Ich wünsche mir sehnsüchtig ein Treffen mit dir. Wenn du Interesse an einer heißen Braut hast, dann gib mir ein Zeichen. Für immer dein: Mindy Kingston, Chappell Hill 1507, TX 73744

Und so ging es - auch noch viel schärfer - weiter im Text, aus einigen Kuverts fielen zudem sexy Fotos, wobei nicht klar ersichtliche Photoshop-Werke darunter sein mochten. Alle Abgebildeten hatten Fotomodel-Qualität. Eric guckte und las und lehnte sich dann etwas verträumt zurück und sinnierte: Wow, was hätte ich vor meinem Tod dafür gegeben, auch nur einen solchen Brief zu bekommen. Dann wär mir die Idee mit dem schnellen Ruhm gar nicht gekommen. Andrerseits... es ist schon ein wenig langweilig, wenn einem die sexgeilen Schlampen scharenweise nachlaufen... Ja, das ist etwa so, als ginge ein Jäger auf Bärenjagd und alle Grizzlies rennen auf ihn zu und jaulen im Chor: Erschieß mich bitte als ersten! - Ne, das wird nix mit mir und diesen notgeilen Nutten! Ich muss wieder am Computer etwas für mein zukünftiges Leben arbeiten.

Von derartigen Gedanken konnte Hobbs nicht einmal träumen, denn er musste sich mit der Verhinderung Einsteins zerstörerischer Kraft beschäftigen. Die Idee einer vorsorglichen Betonisierung kam ihm und er besprach sie natürlich mit dem Präsidenten am Telefon.

"Marvin, ich fürchte, ich kann dem nicht zustimmen, ohne die Sympathie meines Volkes zu verspielen. Sehen Sie, Einstein hat uns lästige Konkurrenten vom Markt gewischt und den Amerikanern gefällt das."

"Aber Sir, einige hatten doch Freunde und Familie in Europa."

"Ja schon, aber am Ende des Tages ist sich jeder selbst der Nächste!"

"Mr. Präsident, ich hasse es, Ihnen zu widersprechen, doch ich werde alles in meiner Macht stehende tun, um zu verhindern, dass er hier dasselbe anstellt wie im unseligen Europa! Eventuell kann ich ihn wegen Gemeingefährdung hinter schwedische Gardinen bringen."

"Aber Schweden ist doch verschont geblieben?", wunderte sich Trump.

Seiner Computerarbeit müde, bekam Eric Hunger und verließ sein Zimmer. Auf dem Weg zur Küche fand er seine Mutter im Gespräch mit einem merkwürdigen Mann vor.

"Tut mir leid, aber ich darf meinen Sohn nicht stören."

"Was ist denn los, Mom?"

Beide drehten sich zu ihm und der Fremde - ein Mann um die 50 in einem rot-geblümten Haweiihemd, Jeansbermudas, weißen Socken und braunen Sandalen - winkte ihm mit der rechten Hand so zu, als würde er die innere Windschutzscheibe seines Autos abwischen.

"Hallo Eric, ich bin ein großer Fan von dir", begrüßte er ihn. "Mein Name ist John Tifus und ich wohne in der Siedlung Clarc County, am anderen Ende der Stadt."

"Und was wollen Sie von mir?" Misstrauisch kam er näher und deutete seiner Mutter an, sich zurückzuziehen, was diese auch sofort tat.

"Oh, einfach nur Hallo sagen und fragen, ob du nicht auch in unsre tolle Gegend ziehen willst. Da gibt es ein Luxusgrundstück mit Swimmingpool und Hobbyraum. Herrlich, hier, ich habe Ansichtsmaterial davon mitgebracht."

Umständlich fummelte er einen zusammengerollten Prospekt aus der hinteren Hosentasche heraus, wobei Eric noch dachte, wie beruhigend seine Unsterblichkeit sei, denn sonst hätte er das Hervorziehen einer Waffe befürchtet. Jedenfalls entfaltete John Tifus den bunten Prospekt und zeigte auf ein Foto, welches einen türkisblauen, beleuchteten Riesenpool bei Nacht zeigte - eine wirklich sehnsuchtserweckende Aufnahme. Jeder, der sie betrachtete, wünschte sich wohl dort leben zu können. Einfach hineinspringen, einige Längen schwimmen, dabei in den sternenklaren Nachthimmel zu blicken und es zu genießen.

"Epischer Ausblick auf die Berge, sehr ruhige Gegend, hilfsbereite Nachbarn, bis auf eine Domina, die momentan dort wohnt, doch dem könntest du natürlich ganz leicht Abhilfe schaffen", sagte der Mann im Haweiihemd zuversichtlich.

"Sie meinen, ich soll sie erschießen, Mr. Tifus?"

Schlagartig erhellten sich dessen Gesichtszüge, doch er wehrte sofort ab: "Neiiin, äh-zwar geht dem Warten auf den Himmel das Warten auf den Tod voraus, aber du könntest sie auch einfach ganz bestimmt nur äh- überzeugen, sich eine andere Bleibe zu suchen, sie passt nämlich überhaupt nicht in unsere seriöse Gegend. Hat sogar schon gedroht, mir mit ihren Nippeln die Augen auszustechen!"

"Ich höre da einen Akzent raus, kommen Sie aus Deutschland?"

"Ja, ins Schwarze getroffen!", freute er sich und strahlte über das ganze Gesicht. "Aus Bayern. Immer zu Weihnachten fehlt mir der Schnee. Und ich bin als Schüler auch gemobbt worden. Nur, weil mein Opa bei der SS war."

"Ach?" Eric ergriff den Prospekt und schielte schon auf die Beschreibung, die in höchsten Tönen das ehemals freie Objekt lobte.

Fünf Schlafzimmer, vier Badezimmer, 1.544 qm Grundstücksfläche, 550 qm Wohnfläche, möbliert mit feinsten Tropenholzmöbeln, Klimaanlage, Zwangsbelüftung, Whirlpool, im Außenbereich, Infinity-Pool mit Unterwasserbeleuchtung, Tennisplatz und Garage für vier Autos. Baujahr 1979, 1A-Zustand, 999.400 Dollar. Kontaktieren Sie Luxusestate-Company, etc. Die Hochglanzfotos boten ein Fest für die Augen. So, als blinkten sie förmlich KAUF-MICH-KAUF-MICH!!!

"Das Luxus-Grundstück ist viel schöner und größer als euer Haus hier", meinte der vorwitzige Besucher. "Hier ist es so staubig ohne Pool. Und der Sonnenuntergang zwischen den Bergen von dem Domina-Grundstück aus gesehen ist epochal, sag ich dir. Und weißt du, was diese Unperson darüber gesagt hat?"

"Sie werden's mir gleich erzählen!", ahnte Eric und fächelte sich mit dem Prospekt Luft zu.

"Der schönste Sonnenuntergang ist nichts gegen einen Super-Blow-Job!" Beim letzten Wort machte er ein angewidertes Gesicht und schüttelte sich leicht. Es wirkte, als würden die Blumen auf seinem Haweiihemd wackeln.

"Woher haben Sie denn meine Wohnadresse?",
erkundigte sich Eric.

"Ich habe einen guten Freund bei der Army, den ich
manchmal mit Jägermeister impfe, damit er leicht
gesprächig wird", lächelte Tifus, wobei sich seine
Pausbacken hoben. Der Mann hatte den Schalk im
Nacken, wie man so schön zu sagen pflegte.

"Mal sehen, ich überleg mir das..."

"Freut mich, dann noch alles Gute und -", er unterbrach
sich, wobei er konspirativ ein Auge zudrückte, "- spreche
Anerkennung aus!" Sodann zog er befriedigt ab.

Aus dem Hintergrund tauchte Erics Mutter auf. "Du
wirst doch nicht etwa dem Deutschen seine ungeliebte
Nachbarin vom Hals schaffen?"

"Aber Mom", schüttelte Eric grinsend den Kopf. "Ich
habe doch ganz andere Möglichkeiten. Ich brauche nur
im Darknet nach einem Sex-Täter zu suchen, einem
Perversen, der sich um die Domina kümmert, ohne dass
eine Spur zu mir führt. Dann können wir umziehen, denn
ich finde, du verdienst eine bessere Bleibe als dir Dad
zugemutet hat."

Entsetzt schlug sie die Hände zusammen. "Bitte, ich
möchte nicht, dass du welche Schritte auch immer gegen
sie unternimmst!" Es klang so, als würde sie ihn
anflehen, sogar wie stimmlich auf die Knie zu sinken.

"Hah-hah, ich hab doch nur Spaß gemacht!", wiegelte Eric ab und hob kurz den Zeigefinger. "Aber ich finde interessant, wie wirkmächtig das Trauma eines Amoklaufes nach all den Jahren immer noch ist. Und wie es sich so ein ausländisches Schlitzohr zunutze machen will..."

XXII. Aggression, Depression & Entspannung

In Cape Caneveral gingen die Emotionen hoch. Die Demonstranten hielten Schilder und Transparente hoch, auf denen plakativ die unterschiedlichsten Sätze standen. Etwa: Einstein muss frei bleiben! Oder: Kein Beton auf Einstein! Oder: Europa war eh schon morsch! Oder auch: Nieder mit dem General! Und sogar: ICH BIN SO WÜTEND - ICH HAB SOGAR EIN SCHILD GEMALT! Und ein Pazifist empfahl auf seinem Transparent: NO MORE WAR! GO HOME, GENERAL!

Letztgenannter suchte das Gespräch mit einer Abordnung von den Demo-Teilnehmern, einer Gruppe von zwölf Leuten, die sich die Apostel nannten, ihm alle feindlich gesinnt waren und auch gar keinen Hehl daraus machten.

Der jüngste Demonstrant - ein Hipster im Sonntags-Outfit - pflaumte ihn unverschämt an: "Wenn ich eine Uniform schon von weitem sehe, bekomme ich Augengrippe!"

Ein Anderer warnte: "Sie werden es nicht wagen, auch wenn Sie Admiral oder sowas sind, sich an einem Genie zu vergreifen, das uns eine neue Energiequelle schenkt, die umweltschonend und effektiver ist, als alles, was bisher dagewesen ist."

"Tatsächlich? Das hat er Ihnen erzählt? Dann stellen Sie mal die Lauscher auf Empfang: Aus den Tiefen des wissenschaftlichen Sumpfes Ihres Genies entschlüpfte eine verheerende Technik, die zahllose Opfer in Europa forderte, aber SIE hoffen auf eine umweltschonende und effektivere Energiequelle??? Und welche Nebenwirkungen hat dieser Geniestreich, Sie Umweltfreund?"

"Das werden wir sehen, wenn wir ihn ausgeführt haben!"

"Leiden Sie an psychotischer Realitätsverkennung oder sind Sie völlig wahnsinnig geblieben? Dann kann es für uns alle zu spät sein!", beschwor sie der General und japste dabei, griff sich ans Herz, taumelte einige Schritte zurück, kurzum, machte einen ganz erbärmlichen, richtig ungesunden Eindruck.

"Ist Ihnen nicht wohl?", fragte der Älteste der Demonstranten in echter Sorge, obwohl sein Gegner offensichtlich eine Herzattacke erlitt.

"Pah, der spielt nur den sterbenden Schwan, aber das zieht nicht!", meinte der Jüngste.

Mit einer Hand, die sich zusehends verkrampfte, und einem bereits hängenden Mundwinkel kippte Hobbs seitlich weg und schlug mit dem Kopf hart auf den Boden auf. Eine Platzwunde ließ sogleich einem kleinen Blutstrom freien Lauf.

"Jetzt übertreibt er aber", kommentierte ein andrer Demonstrant.

Weit weg vom Schauplatz des Niedergangs vom General in Florida, passierte zeitgleich das in Nevada: In der kleinen Küche der Harris', wo Mutter und Sohn nach über 20 Jahren endlich doch wieder glücklich vereint zusammensitzen konnten, um gemütlich bei einem köstlichen Mahl Gedanken auszutauschen, entspann sich folgender Dialog.

"Du siehst abgespannt aus, mein Junge."

In der Tat strahlte er das zynische Verzagen eines Agnostikers in einen unbarmherzigen Gott aus. Zustimmend seufzend sagte er leise: "Die verdammte Depression kriecht wieder in mir hoch..."

"Kann ich dir irgendwie helfen, Schatz?" Fürsorglich beugte sie sich zu ihm.

"Ach, ich will etwas, das man für Geld nicht kaufen kann. Meinen Welthass loswerden. Wohltemperierte Grausamkeit."

Ihre Gesichtszüge drohten zu entgleisen, doch sie nahm sich zusammen. "Bitte Eric, tu nichts, wofür ich dann wieder teuer bezahlen muss."

"Keine Sorge, Mom. Mir stehen jetzt neue Möglichkeiten offen." Dabei massierte er sich mit Daumen und Zeigefinger seiner rechten Hand die Nasenwurzel. "Aber Depression ist immer noch ein mieses Gefühl, es schwebt wie eine dunkle Wolke über mir, von der ich nicht weiß, ob sie ein Gewitter birgt oder nur dreckiges Regenwasser. Und Dylan fehlt mir wie ein Körperteil. Auch wenn er ein Mörder war, so wie ich, tief drin war er ein guter Kerl, wenn man ihn nicht gereizt hat! Ich vermisse ihn, sehne mich nach einem Freund. Jemand, mit dem ich reden, bowlen und schießen kann..."

"Der beste Freund eines Mannes ist immer noch seine Mutter", meinte Mrs. Harris aufmunternd. "Möchtest du noch ein Stück vom Braten?"

Wieder in Florida, Cape Caneveral: Ein jüngerer Demonstrant der 12er-Apostelgruppe holte sein Mobiltelefon hervor und rief die Notrufnummer 911 um Hilfe, während der Älteste Hobbs in die stabile Seitenlage brachte und zu beruhigen versuchte.

"Gaaanz ruuuhig, Herr General. Wir wollen Ihnen doch nichts Böses antun, wir wollen nur unsern Helden Einstein vor Ihnen beschützen. Wir können seine Betonisierung nicht zulassen, verstehen Sie das doch!"

Dem General entkam nur noch ein leises Seufzen, ein leichtes Röcheln beim Schlucken und ein stummer Schrei über den dumpfen Brustschmerz, den er fühlte. In höchster Desperation dachte er sich noch, nein, ich will hier keinen stillen Tod sterben. Dennoch raffte ihn ein Herzinfarkt in die Nähe des Überganges zwischen dem Leben und dem Jenseits. Herbeigeeilte Sanitäter konnten kaum Vitalwerte feststellen und transportierten den prominenten Patienten mit Blaulicht und Sirene in das nächstbeste Krankenhaus, dem Health First Cape Canaveral Hospital im nahen Städtchen Cocoa Beach, welches von behandelten Patienten im Internet vier von fünf Sternen ergattern konnte.

In seinem Haus hinter den Demonstranten saß Albert Einstein mit den Ellenbogen an einem Tisch aufgestützt am Fenster und hatte alles mit einem Feldstecher beobachtet. Er lachte, hustete und trank einen Schluck heißen Kaffee aus einer weißen Espressotasse mit einem aufgemalten Wasserstoffatom drauf.

"Hohoho!" Höchst amüsiert guckte er unentwegt durch das antike Fernglas, welches er bei einem Altwarenhändler erstanden hatte, und beobachtete genau, wie seine willfährige Elitetruppe sich zuerst um den hilflos daliegenden Gegner kümmerte, ehe ihn die barmherzigen Samariter davontrugen.

Einige weiße Wolken zogen am sonst klaren blauen Himmel dahin und der greise Professor fokussierte sie. In einem Moment der Sehnsucht dachte er sich: Kommt und holt mich wieder ab, von diesem kleinen blauen Ball, auf dem mir noch immer niemand geistig folgen kann...

Tage später in Nevada: Im Hause Harris herrschte Grund zur Freude, denn der heimgekehrte Sohn hatte seine ganze Weisheit in den Dienst des Geldverdienens gestellt und meinte, einen Erfolg gelandet zu haben.

"Mom", rief er erfreut aus und lief mit seinem iPhone aus seinem Zimmer in den Vorgarten, in welchem seine Mutter die Kakteen goss. "Ich hab's geschafft! Mit meiner intrinsischen Leidenschaft entwickelte ich eine APP! Und mit dieser verdiene ich ein Vermögen und kauf uns das Super-Haus, von dem der Deutsche gesprochen hat."

"Wirklich?" Sie schien ihre Zweifel nur mit Mühe zu verbergen.

"Na klar! Hah! Pass auf, du gibst dein Geburtsdatum ein, deinen Speiseplan - also wie viele Hamburger und Bier du am Tag verdrückst - deine täglichen Aktivitäten wie Fernsehen, Sport, Schlaf- und Arbeitszeiten, deinen Zigaretten- sowie Alkoholkonsum und Ähnliches mehr."

"Jaaa?" Neugierig kam sie mit der Gießkanne auf ihn zu.

"Körpergröße und -gewicht und Erbkrankheiten, wenn vorhanden, und schon errechnet dir die APP ENDTIME deinen natürlichen Todestag! Wenn einer sein Leben optimiert, dann kann er sich ausrechnen, dass er dementsprechend später stirbt. Was sagst du dazu?"

"Ja, denkst du, dass das die Leute interessiert?"

"Na klar, da sie sterblich sind, werden sie wissen wollen, wie viel Zeit ihnen noch für ihr armseliges Leben verbleibt."

"Ach, ich kenne welche, die das nicht interessiert."

"Mag sein, aber die meisten sind Masos! Vor allem die Weiber sind laut Freud masochistisch veranlagt, sonst würden sie sich doch niemals Kinder wünschen!" Sein Grinsen konnte manchmal grausam wirken.

"Ja, da kannst du durchaus recht haben!", gab sie ungern zu.

"Und all die schönen Dinge, die wir uns dann kaufen können, wie zum Beispiel das schöne Haus samt Pool für dich, Klamotten von stylischen Franzosen und Italienern, Schmuck von Tiffany,... und für mich... na, da fällt mir sicher auch noch was Hübsches ein", freute sich Eric und dachte sofort an seine erste Anschaffung: einen Taucheranzug samt Flossen!

Im Hospital lag Hobbs an einer Beatmungsmaschine, das Personal versuchte, seine Angehörigen zu verständigen, doch seine Töchter waren angeblich unabkömmlich und sandten nur bescheidene Blumen und seine Untergebenen Get-well-soon-Ballons. Diese bunte Ausstattung ließ das Krankenzimmer wie einen Kindergeburtstag wirken. Leider konnte Hobbs von diesen Geschenken keine Notiz nehmen, machte einen schon halb verstorbenen Eindruck und es öffnete sich die Türe für einen ganz und gar unerwarteten Besucher: es war der freundliche Franzose Louis Pasteur, welcher ihm einen Krankenbesuch abstattete und mit sehr sorgenvollem Blick auf die Geräte, welche den dramatisch schlimmen Zustand des Patienten anzeigten, nach einer Lösung suchte. Schließlich wusste er nur zu gut, dass er seine unverhoffte Auferstehung dem Vorschlag des Generals zu verdanken hatte und wollte sich als amikaler Franzose erkenntlich zeigen.

"Ich werde Sie retten, mon cher General!", flüsterte er ihm ins Ohr. "Ich schleiche mich ins Labor und braue Ihnen ein Mittelchen, mit dem Sie wieder wie neu werden. Ja, Sie werden sich wie neu geboren fühlen."

"OAAAH", schnaufte der General in noch komatösem Zustand, der nur verschwommen 'neu geboren' hörte und sofort an seinen Erzfeind Eric Harris dachte, worauf er Schüttelfrost bekam.

"Contenance, mon cher Ami!", forderte ihn Louis verschwörerisch auf. "Bald ist es soweit, vorher muss ich nur noch an die entsprechenden Zutaten kommen! Doch die sollten sich in diesem Hospital wohl leicht finden lassen, vertrauen Sie mir!"

Gesagt, getan, nachdem sich Louis Pasteur in einer Umkleidekammer des durch die tägliche Überforderung aufgrund von diversen eingelieferten Schusswaffenopfern gestressten Krankenhauspersonals eines weißen Mantels bemächtigt hatte, begab er sich in das Labor des Krankenhauses. Dort machte er sich emsig daran, gezielt sein fachmännisches Wissen in eine wirksame Medikamentenfindung für seinen Freund umzusetzen. Lange hatte er die antiseptischen Gerüche in der klinischen Umgebung vermissen müssen, denn sein von eigner Hand hergestellter Nektar duftete dagegen geradezu blumig, umso erfreuter machte er sich an die Arbeit. Das Laborpersonal befand sich derweil in Mittagspause und störte nicht den großen Wissenschaftler, der in seinem ersten Leben Meriten in Chemie, Physik, Biochemie und Mikrobiologie verdiente.

Mittlerweile promotete Eric Harris schon seine neue APP via sozialer Medien. Auf Facebook, das er zuerst sogar in HATEBOOK umtaufen wollte, zählte er schon 659.867 Freunde, auf Linkedin 999 nützliche berufliche Kontakte, auf Xing nur 825, auf Twitter folgten im 1,838.091 und auf Instagram rund zwei Millionen Fans, die sich an seinen eingestellten Zeichnungen von Kämpfern ohne Kopf erfreuten, die über erlegte Feinde triumphierten. Es sah ganz danach aus, dass seine APP von all diesen Anhängern nur zu gern angenommen werden würde...

Im Labor des Hospitals stand Monsieur Pasteur zwar nur eine begrenzte Anzahl von Arzneien zur Verfügung, doch dem pfiffigen Louis gelang es, eine Droge zu fabrizieren, die er dem hilflosen General per Blasrohr - einem umfunktionierten Strohhalm - in die Nase pustete, ehe er sich wieder zurückzog, denn dringende Geschäfte warteten auf ihn.

Sofort nach Durchbruch der Blut-Hirn-Schranke gelangte das wohldosierte Gift in die Neuronen Hobbs und löste dort ein wahres Feuerwerk von sprühenden Funken in seinem Nervensystem aus.

"Darling!", weckte ihn eine verführerische Krankenschwester, die er nur verschwommen wahrnehmen konnte. "Geht's dir schon besser?"

"Wer sind Sie... oh... wir kennen uns", erinnerte er sich, als ihr Antlitz vor ihm klar erkennbar wurde.

"Natürlich, ich bin es, Zulaika!", eröffnete sie ihm und öffnete auch die Knöpfe ihrer sexy Krankenschwesterntracht. "Komm, lass es uns gleich hier in deinem Bett tun!"

"Nein-nein, ich bin noch nicht soweit!", lehnte der General entrüstet ab.

"Marvin, zier dich nicht so", ermahnte sie ihn lächelnd. "Sonst muss ich dir deinen Popo versohlen!" Sie entkleidete sich, bis sie nur noch in roter Reizwäsche von Argent Provocateur auf High Heels vor ihm stand.

"Nicht, es könnte jemand ins Zimmer platzen!", wehrte er sich immer noch halbherzig.

Doch Zulaika griff unter die Bettdecke, ließ ihre Fingerspitzen eilig und aufreizend über seinen Körper trippeln, bis sie zu einer seeehr empfindsamen Stelle kam, die sie mit sanften Streichelbewegungen auf- und abrieb.

"Ooooh", machte der General in höchstem Glück. Selig schloss er seine Augen.

Auf einmal fühlte er, wie ihn jemand wachrüttelte, als er die Augen wieder aufschlug, stand die streng dreinblickende ältliche Oberschwester vor ihm und teilte ihm sachlich mit: "Sie haben eine Erektion, Herr General. Daraus schließe ich, dass es Ihnen schon wesentlich bessergeht!"

Beschämt erschlaffte der Körper des Patienten und er suchte mit hektisch umherirrenden Pupillen nach Zulaika, ehe er sich eingestehen musste, dass sie nur ein Wunschtraum seines Unterbewusstseins gewesen ist.

"Eigentlich sollte ich Ihnen nun Ihre künstliche Nahrung zuführen, doch da Sie schon wieder bumsfidel sind, werde ich Ihnen eine Mahlzeit zum Löffeln bringen!"

"Vielen Dank, Oberschwester!"

Im Hinausgehen bemerkte sie noch leise: "Essen ist ja der Sex des Alters!"

Die Sonne versank zwischen den Bergen Nevadas, sie schien regelrecht zu glühen. Im neuen komfortablen Heim der Harris' in Clark County entspannte der fleißige Sohn nach langer Computer-Arbeit am Hometrainer mit Blick durch das Panoramafenster.

"Eric, ein ehemaliger Kamerad deines Vaters fragte mich, ob du noch an einem Job bei der Army Interesse hättest", berichtete ihm seine Mutter aufgeregt.

"Höchstens, wenn die mir ein Regiment zu meinem eignen Vergnügen überlassen. Nachdem die ersten Zahlungen für meine APP auf meinem Konto eingetroffen sind, brauch ich keinen Job mehr!"

Wie durch ein Wunder war das von dem Deutschen angepriesene Luxusgrundstück freigeworden. Die dort bisher wohnhaft gewesene Domina war - oh Trauer - mitten in ihrem schönen Swimming-Pool ertrunken aufgefunden worden. Mrs. Harris wagte nicht recht zu fragen, doch überwand sie sich dann doch. Die nächstbeste Gelegenheit bot sich ihr, als ihr Sohn in einem Liegestuhl am Pool-Rand lag und sie ihm einen Cocktail servierte.

"Eric, du hast doch nichts mit dem Tod der Vorbesitzerin zu tun?"

Dieser tat ganz entrüstet. "Aber Mom, du weißt doch wie unsportlich ich bin. Wie sollte ich sie ertränkt haben? Vermutlich ertrank sie, weil sie von der zwischen den Bergen untergehenden Sonne geblendet nicht mehr zum Rand des Pools gefunden hatte."

Mit einem unschuldigen Augenaufschlag entfernte er das Schirmchen vom Cocktail-Glas, steckte es sich hinters Ohr und nippte an dem erfrischenden Gin-Fizz.

"Ach, ich vermisse deinen Dad!"

"MOM!" Sein empörter Blick ruhte auf ihr als hätte sie etwas Anstößiges von sich gegeben. "Er war ein prima Kumpel, wenn man alt genug war, ihn zu verstehen, aber lägt ihr zusammen im Bett, summierte sich euer Alter auf über 150 Jahre! Glaub mir, er ist zur rechten Zeit abgetreten und alles andere kriegst du von mir!"

Auf Revers entlassen ließ sich Hobbs in ein Hotel in Cocoa Beach chauffieren, wo er sich an die genauen Vorgänge vor seiner Einlieferung zu erinnern versuchte. Nach und nach kam ihm die ganze prekäre Misere wieder ins Gedächtnis zurück und er überlegte sich, wie er sie wieder entspannen könnte. In höchster Not wollte der General Stephen Hawking kontaktieren und wählte dessen Telefonnummer in England. Angespannt und nervös lockerte er sich den Kragen, welcher ihn durch die pulsierende Halsschlagader zu sehr einschnürte. Eine Frau meldete sich und er fragte schweren Herzens: "Ist Stephen King zu sprechen?"

"Stephen King wohnt hier nicht!"

"Äh, ich meinte natürlich Stephen Hawking, bitte." Mit seiner freien Hand bedeckte er schamhaft die Augen, wohlwissend, dass er schon wieder dringend Urlaub benötigte, der letzte hatte auch zu aufregend geendet.

"Wer spricht denn?"

"General Hobbs aus den USA."

"ACH SIE!", der Ton der Frau ließ auf ziemlichen Unmut schließen. Es klang unterschwellig durch wie überfordert sie von der neuen Situation war. "Tut mir leid, aber mein Mann ist momentan im Fitness-Center."

"Im Fitness-Center?", wiederholte Hobbs ungläubig, der ihn noch immer im Rollstuhl vor sich sah, ein Bild, das die Öffentlichkeit die meiste Zeit seines Lebens vor Augen hatte.

"Ja! Seit er wieder gehen kann, will er seine ungewohnte Mobilität genießen. Unentwegt will er seinen Körper bewegen. Ich hoffe, Sie wissen, was das für mich bedeutet!", teilte sie ihm schwer atmend mit und es klang so vorwurfsvoll, als würde sie eigentlich sagen wollen: hör dir an, was du angerichtet hast!

Nach kurzer Weile begriff der General, dass von ihm wohl keine Hilfe zu erwarten sein würde - das Genie hatte wohl alle Aktivität von oben nach unten verlagert - und wollte dessen genervte Gattin dazu bringen, ihm ins Gewissen zu reden: "Mrs. Hawking, verstehen Sie mich nicht falsch, aber er wurde nicht wieder aus dem Jenseits zurückgeholt, um sich privat zu vergnügen, sondern um der Menschheit zu dienen. Und zwar möglichst bald!"

"Warum sollte er sich beeilen? Er hat jetzt doch alle Zeit der Welt!"

"Er schon, aber der Rest der Menschheit nicht!"

"Doch", bestand sie trotzig. "Nur profitiert eben eine spätere Generation von seinem Genie!"

Darauf wusste er nun keine Replik mehr, bat aber nichtsdestotrotz: "Könnten Sie ihm bitte ausrichten, ich erwarte dringend seinen Rückruf."

"Jaja, das werd' ich tun!" Die wenigen Worte vor dem Auflegen klangen wie das Götzzitat.

Die Gedanken des Generals rotierten in seinem Kopf. Wie setzte man Unsterbliche unter Druck? Man konnte sie höchstens bei ihrem Ehrgeiz packen, überlegte er hin und her. Ja, nahm er sich vor, ich muss die neun Genies gegeneinander ausspielen! Ach, mir ist übel! Ich fühle mich, als wollte mein Herz eine Faust machen und mein Gehirn zu den Ohren rausprügeln. Ziemlich niedergeschlagen entkleidete sich Hobbs bis auf die Unterhose sowie die Socken und holte aus seiner Uniformjackentasche umständlich das vom Spital verordnete Medikament heraus. Hundemüde fingerte er eine Kapsel aus der Packung, setzte sich auf das Bett, goss sich von dem vollen Wasserkrug auf dem Nachtkästchen ein Glas Wasser voll und wollte eben ächzend die Kapsel mit einem Schluck Wasser schlucken.

"MON CHER AMI!", ertönte es auf einmal hinter ihm.

"PRUST!", spuckte der General den Wasserschluck samt dem Medikament wieder aus seinem Mund und wandte sich erschrocken um.

Da stand Louis Pasteur in einem schönen schwarzen Anzug, mit einem Arztköfferchen in der Hand und einem charmanten Lächeln im Gesicht.

"Mr. Pasteur! Wollen Sie mich umbringen?"

"Au Contraire, mon Ami! Ich habe Ihnen doch im Hospital das Leben gerettet!", klärte ihn der höfliche Franzose auf, während er auf ihn zueilte. "Und nun werde ich einmal nach dem Rechten bei Ihnen sehen, mon General!" Behende holte er aus seinem Köfferchen ein Blutdruckmessgerät heraus und legte es Hobbs um den linken Oberarm. "So, das haben wir gleich! Nur die Ruhe!"

"Ich wurde im Spital schon ausgiebig untersucht!", protestierte Hobbs. "Wie kamen Sie überhaupt in mein Zimmer?"

"Eine versperrte Tür ist kein Hindernis für mich."

"Das macht mich glücklich." Verdrehte Augen verrieten Ironie.

Nachdem er kurz an seinem Gerät gepumpt hatte, kontrollierte Pasteur den erhaltenen Wert: "Oh lala-lala! 180 zu 109! Das ist viel zu hoch für Sie, wir müssen Ihr Blut etwas beruhigen!" Rasch kramte er aus seinem

Köfferchen eine Pillenbox heraus und reichte sie ihm. "Davon nehmen Sie täglich eine! Comprendrez-vous?"

"Jaja, ich habe verstanden", stimmte Hobbs zu und schob sich eine Pille gehorsam zwischen die Lippen.

"Bon! Und nun entschuldigen Sie mich, mon Ami, die Menschheit hat ebenfalls ein Anrecht auf meine ärztliche Kunst. Obwohl sie nicht alle vertragen. Sie werden lachen, wenn ich Ihnen erzähle, dass mein Nektar sich bedauerlicherweise auf die Nieren zersetzend auswirkte, indem er zuerst eine Nephritis, also eine Nierenentzündung auslöste, und in weiterer Folge eine sogenannte Nephrektomie erforderte, was schlicht und ergreifend Nierenentfernung bedeutet, jedoch viel besser und harmloser klingt. Dieser erlagen schon viele Erkrankte aus dem arabischen Raum, weil es a) nicht genügend Nieren zum Transplantieren gab und b) die Krankheit außergewöhnlich rasch letale Folgen zeigte. Tja, C'est la vie!" Mit gespieltem Bedauern zuckte er kurz mit den Schultern als ginge es nur um eine verlorene Wette.

Dem General blieb die Spucke weg.

"Nein, Sie brauchen mir nicht zu danken, für Sie nehme ich jeden noch so weiten Weg in Kauf, au revoir!"

"Aber, aber...", rief ihm der General nach.

So schnell wie er aufgetaucht war, entschwand er wieder. Nur das Zuklappen der Hoteltür verriet seinem Patienten, dass er nicht geträumt hatte.

XXIII. Der Überläufer

In dieser Zeit der negativen Entwicklung verfiel der General in eine tiefe Schwermut. Unruhig und schuldbewusst ging er in seinem Haus langsam auf und ab - noch immer in seinem blauen Pyjama, denn er hielt es sonntags nicht für nötig, sich anzukleiden. Er hatte bislang noch nie an den Freitod gedacht, doch angesichts unsterblicher Problemverursacher schien ihm das die einzig logische Option zu sein. Selbst sein erprobter Kampfgeist und auch die Sorge um all die Unschuldigen, die seiner falschen Wahl noch zum Opfer fallen konnten, hielten ihn von dem fatalen Gedanken an den Abschied von dieser schnöden Welt durch eigne Hand nicht ab. Erregt schritt er in sein Arbeitszimmer, mit einem Gefühl, als ob er gleich in die Kante seines Schreibtisches beißen wolle, ehe er davon absah und zur letzten Tat zu schreiten gedachte.

Von draußen drang das Geräusch eines Motorrades zu ihm ins Haus, doch er achtete nicht darauf. Schnurstracks ging er auf seinen alten Eichenschrank zu, entnahm ihm einen Revolver und setzte ihn sich an die Schläfe an. Kurz überlegte er noch, ob er einen Abschiedsbrief an seine Töchter schreiben sollte. Doch was sollte darinstehen? Tut mir leid, dass ich von einem Außerirdischen das falsche Geschenk erbeten habe, es lief aus dem Ruder... Oder: ich traf die falsche Entscheidung, doch diesmal mach ich es richtig und befreie euch von meiner Existenz? Oder auch: Wenn ihr das lest, bin ich schon von der irdischen Qual befreit. Susan, ich entziehe mich meiner Strafe auf diesem Planeten und hoffe, es gibt keine wie auch immer geartete Wiedergeburt, denn ich will nicht mal mehr als Ameise hier stranden.

Schwere Schritte näherten sich seiner Haustür und ein lautes Pochen ertönte. Instinktiv richtete Hobbs den Revolver auf die Tür, überlegend, WER sich da wohl dahinter befand. Sicher nur eine weitere Enttäuschung in Menschengestalt.

"WER DA?"

"ICH BIN ES DREW PLENTY!", polterte es durch die geschlossene Pforte.

Drew Plenty? Der Name kommt mir bekannt vor, durchsuchte Hobbs angestrengt seinen prall gefüllten Erinnerungsspeicher. Doch, doch, das ist doch dieser, dieser, ja, wer denn nun?

"WIR TRAFEN UNS IN DER WÜSTE!"

Natürlich, der einsame Biker, der gerade dazukam, als ich in höchster Verzweiflung nach Södluf rief, fiel ihm wieder ein.

"DIE KUNST IST, SICH IN DUNKLER NACHT AUF DIE STERNE ZU KONZENTRIEREN!", deklamierte Drew einen alten Spruch, fast so als wüsste er, was der Hausherr gerade zu tun imstande sein könnte.

"EINEN MOMENT, BITTE!", rief Hobbs, tat den Revolver an seinen Platz zurück und eilte zu seinem Kleiderschrank, um sich seinen Morgenmantel überzuwerfen. Beim Nachgrübeln erinnerte er sich gar nicht, ihm seine Adresse gegeben, ja nicht einmal den vollen Namen erwähnt, geschweige denn eine Einladung ausgesprochen zu haben. Merkwürdig.

Wenige Augenblicke später öffnete er seine Haustür und sah den bekannten Typen aus der Wüste, der eine wild aussehende braune Lederkluft und schwere Motorrad-Stiefeln trug, auf seiner Türmatte stehen. "Nur herein!"

"Guten Tag, Freund!" Plenty stiefelte hinein und sah sich um. "Hübsch haben Sie's hier."

"Ja, ich habe die Einrichtung meines Vorgängers übernommen, dessen Frau Innenarchitektin war, und nur einzelne Stücke selbst ausgewählt. Wollen Sie einen Drink, oder ist es Ihnen dafür noch zu früh?"

"Früh? Es ist fast mittags!"

"Jaaa, ich war wohl mit meinen Gedanken so weit entfernt, dass ich die Realität darüber ganz vergaß, und auch die Zeit, die Zeit....", murmelte Hobbs. "Dann mach ich einfach ein gutes Frühstück für uns beide!"

"Das ist ein Wort!" Plenty folgte ihm in die Küche, deren Einrichtung sich ebenso formschön wie praktisch zeigte. "Ich war grad in der Gegend und da dachte ich, ich schau mal bei Ihnen vorbei."

"Gute Idee, sonst hätte ich mit dem Tag wohl nicht viel angefangen", gab der General zu, während er einige Eier in die Pfanne schlug. "Setzen Sie sich doch!"

Drew Plenty fläzte sich auf einen Hocker an den Küchentisch und nahm sich von der Obstschale einen Apfel. "Frisches Obst, das gibt es nicht auf allen Planeten." Genüsslich roch er erst daran, ehe er herzhaft hineinbiss.

"Soviel ich weiß, importiert aus Kalifornien", erklärte der General. "Leben Sie jetzt hier oder sind Sie nur auf der Durchreise?"

Artig schluckte er das abgebissene Apfelstück zuerst, ehe er antwortete: "Ich lebte bis vor kurzem noch in Los Angeles, die Stadt ist schön, aber rappelvoll."

"Und in welchem Stadtviertel von L.A. wohnten Sie?"

"In Hollywood, wo sich die exzessivsten Perversen des Planeten vereinen. Mit Filmschmonzetten bilden die sich ein, die Gesellschaft nach ihren Wünschen formen zu können."

"Hübsch ausgedrückt!", lobte Hobbs und servierte die frisch zubereiteten Rühreier mit Weißbrot auf einem Teller, zu dem er auch echt silbernes Besteck reichte. Das schien ihm angemessen für seinen ahnungslosen Lebensretter.

"Danke, das erfreut den Magen und das Gemüt!" Plenty schaufelte scheinbar hungrig die Proteine in sich rein.

"Und haben Sie in Hollywoodfilmen mitgewirkt?" Aus der Espressomaschine ließ der General Kaffee in zwei Becher laufen.

"Mhm", mampfte er. "Ich spielte natürlich oft den Bösewicht, das Bad Ass vom Dienst, aber gerade das bereitete mir irren Spaß!"

"Kann ich mir vorstellen. Spielten Sie auch in Kriegsfilmen mit?" Neugierig setzte er sich zu seinem Gast und stellte einen Becher voll des aromatischen Getränks vor ihn und den anderen vor sich selbst, in den er einige Stückchen Weißbrot eintauchte und hinunterschlang.

"Nein, dafür nehmen die gewitzten Hollyschutt-Bosse immer noch gern die Deutschen mit ihren kantigen Gesichtern und den schmalen Lippen darin!"

"In der Filmbranche träumt jeder davon, ein anderer zu sein und die meisten verbrennen sich dabei die Finger." Nachdenklich nahm Hobbs einen Schluck Kaffee.

"Nicht nur die Finger, neulich ging wieder ein Stuntman in Flammen auf, und zwar echt, landete im Wasserbett, das arme Schwein, war aber gut versichert!" Plenty stürzte den Kaffee gierig aus seinem Becher in den Rachen.

"Tja, wenn man sich so sehr an die Erfolgsidee klammert, kann man auch verlieren, im schlimmsten Fall sogar sein Leben..."

"Jedenfalls zog mich Nevada an, vor allem Las Vegas."

"Aha. Nun wollen Sie wohl hier auf dem Tummelplatz der Glücksritter reüssieren?"

"Könnte man so sagen. Den Homo ludens insgeheim beim Spiel zu beobachten, ist äußerst interessant, mein Freund!"

"Ich lebe schon Jahrzehnte des Berufs wegen hier nahe Vegas und fühle mich zu Lebenslang ohne Chance auf Bewährung verurteilt..."

Sie unterhielten sich noch über dies und das, ehe Drew auf einmal ein Thema anschnitt, dass Hobbs überraschte.

"Sie zweifeln wohl an sich selbst, nachdem Sie Södluf getroffen haben, was?"

Soweit sich Hobbs erinnern konnte, hatte er Drew Plenty nichts von dem Alien und dessen Wunscherfüllung erzählt. Fragend sah er seinen Gast an.

"Was soll das Versteckspiel, ich bin einer von DENEN!", offenbarte ihm Plenty und zuckte mit den Achseln. "Bin hiergeblieben."

"Ach...." Jeden andern hätte der General sofort hinausgeworfen, doch in Anbetracht seiner bisherigen Erlebnisse, gab es nun eigentlich keinen Grund, dem Gast nicht zu glauben... Oder sollte er nur einer dieser unzähligen Wirrköpfe auf YouTube sein, der sein nächstes Video mit einem echten General pimpen wollte? Aber wie sollte er draufgekommen sein, dass Södluf mit den anderen schon abgereist ist???

Zur gleichen Zeit besuchte Susan Hobbs eine Vorlesung der privaten Stanford-Universität in Kalifornien, um sich weiter zu bilden. Hin- und hergerissen zwischen Volkswirtschaftslehre und Politikwissenschaft, entschied sie sich nach kurzer Überlegung für letztere. Die Wissenschaft, sich in des Volkes Sympathie einzuschleimen, erschien ihr als die nützlichste. Auch die Möglichkeit, sich an diversen wissenschaftlichen Forschungen beteiligen zu können, reizte sie ungeheuer. Ihre jüngere Schwester Elaine hingegen meinte, schon genug Wissen angehäuft zu haben und war begierig darauf, es in klingende Münze respektive Guthaben auf ihrer Kreditkarte umzuwandeln. Verzweifelt versuchte sie, einen geeigneten Job zu finden - auch, um sich ihre Wichtigkeit zu bestätigen, doch in Zeiten des Neoliberalismus im Land der begrenzten Unmöglichkeiten bekam sie schier nirgendwo einen Fuß in die Tür. Nichtsdestotrotz versandte sie E-Mails mit ihren Bewerbungsunterlagen, die sich alle sehr aussagekräftig zeigten. Leider konnte sie keinen anderen Familiennamen angeben, ohne in Verdacht des Betrugs zu geraten...

Ja natürlich,... dämmerte es unterdessen ihrem Vater, welcher in seiner Küche immer noch dem angeblichen Außerirdischen mit dem klingenden Namen Drew Plenty gegenübersaß, ... der kahle Schädel und die alles zu durchdringen scheinenden Augen haben etwas Dämonisches... "Ist der Bart echt?"

"Nein, der ist angeklebt. Die Augenbrauen habe ich mir tätowieren lassen. Perfekte Tarnung!"

"Das war es also, Södluf hat wohl wissen wollen, wie wir auf sein Geschenk reagieren", schätzte Hobbs.

"Nein, das war es nicht, es war meine eigene Entscheidung!", klärte ihn Plenty auf. "Bei uns gibt es auch Individuen, die sich nicht dem Kollektiv unterordnen wollen."

"Ihre Rasse wollte also ursprünglich nicht mit einem Vertreter auf dem Planeten präsent bleiben?"

"Nein, das haben die gar nicht nötig."

"Das haben die nicht nötig?", wiederholte er ungläubig.

"Ich sollte es Ihnen freilich nicht sagen, aber der Zweck des Geschenks war nicht, dass Sie und Ihre Artgenossen daran Freude haben."

Dem General wurde nun endlich klar, was er eigentlich schon längst ahnte, was auch seine Ex-Frau befürchtet hatte. "Sie haben damit einen Plan zu unserer Zerstörung verfolgt."

"Tja, die ist Ihrer Spezies sogar immanent. Doch es ging denen nicht schnell genug. Nach jedem Krieg blieben viele von euch übrig und vermehrten sich auch noch im Rekordtempo."

"Die Tragweite des Geschenkes hat sich mir leider viel zu spät erschlossen…"

"Nehmen Sie sich das nicht zu Herzen. Denen wäre wirklich jeder Mensch auf den Leim gegangen! Ich mochte Södluf nie, denn er hat nach meinem Geschmack zu viele Ambitionen."

"Sie sprechen immer von DENEN. Fühlen Sie sich Ihrer Art nicht mehr zugehörig?"

"Nein, schon lange nicht mehr. Ich bin zwar noch ziemlich jung, in Ihrer Zeitrechnung erst 5697 Jahre alt, doch war ich schon auf verschiedenen Planeten und hier gefällt es mir am besten. Ich fand sogar menschliche Freunde, auf die Verlass ist..."

"Eine Seltenheit!" Hobbs fuhr sich mit einer Hand über sein unrasiertes Gesicht. "Denn unsere Art ist nicht gerade die freundlichste im All vermute ich mal. Hab ich recht?"

"Nun ja, da gibt es wohl noch ärgere Rassen, aber lassen wir das, denn es bringt Ihnen nichts, da Sie nicht über deren Verteidigungssysteme verfügen."

"Sagen Sie, Drew, sind Sie so etwas wie ein Deserteur?"

"Haha, nein, ich würde mich eher als Überläufer bezeichnen!"

"Überläufer? Kann es sein, dass Sie uns helfen wollen?" Ein Hoffnungsschimmer am düsteren seelischen Horizont des Generals begann sich abzuzeichnen.

"Ich überlege es mir gerade...." Sein menschliches Gesicht zeigte eine Regung, die man leicht als Mitleid hätte deuten können.

Wie kann ich ihn überzeugen, welchen Vorteil kann ich ihm anbieten, durchforstete der General seine Möglichkeiten, die im Angesicht eines Überlegenen doch eher bescheiden ausfielen. Sollte er ihm die Weltherrschaft anbieten? Das kam ihm irgendwie lächerlich vor, ja richtig abgedroschen. Außerdem wuchs das Misstrauen gegenüber diesem Riesen vor ihm. In dieser grausamen Welt stellte echte Menschlichkeit Mangelware dar und ausgerechnet diesem Mann, der von sich behauptete einer von DENEN zu sein, sollte sie innewohnen?

"Und darf ich nach dem Grund fragen, warum Sie ein Eingreifen zu unseren Gunsten in Erwägung zu ziehen gedenken?"

"Pfffüüh.. ", pfiff er durch die Zähne. "Mein Leben ist ziemlich leicht hier, es wird erst richtig spannend, wenn ich mich in das Leben andrer hineindränge, die es nicht so easy wie ich haben, verstehen Sie?"

"Verstehe, Sie suchen die Herausforderung, da ein Leben als Unsterblicher auch ziemlich langweilig sein kann", folgerte Hobbs.

"Weniger langweilig als einfach anspruchslos. Vorige Woche traf ich eine Frau, die mir erzählte, sie wäre als Millionenerbin in Frankreich aufgewachsen und hätte ihr Dasein als leer empfunden. Erst, als sie sich im Urlaub hier in einen Häftling auf Bewährung verliebt hat, kam so etwas wie Spannung auf, es erfüllte sie eine regelrechte Lebensgier bei Ansicht dieses Mannes, der sein Leben schon verwirkt hat. Sie hilft ihm jetzt, ein besserer Verbrecher zu werden."

"Erstaunlich..." Grade eben wollte ich mein Leben noch wegwerfen und nun ist auch bei mir die Lebensgier bei Ansicht dieses Hünen zurück, der eventuell an meiner Seite kämpfen würde, erkannte der General, dessen Mundwinkel sich wie von selbst nach oben zogen. "Verzeihen Sie meine Neugier, aber wie ist es eigentlich so auf Ihrem Heimatplaneten?"

"Ach, richtig ööööde, denn er hat den Nimbus einer Kaserne und die Architektur das Flair eines Krematoriums. Hier bin ich sehr gerne, weil es so abwechslungsreich ist. Und, entschuldigen Sie, wenn ich das offen sage, Ihre Zeitgenossen sind so herrlich unvernünftig, das macht meinen Besuch hier richtig unterhaltsam!", schwärmte er glaubwürdig.

"Sagen Sie, Drew, können Sie auch die Zeit anhalten?"

"Ha, nein, dazu bin ich weder befähigt noch berechtigt, aber ich kann schon einiges, was Menschen für gewöhnlich nicht können."

"Für gewöhnlich?" Neugier zeichnete sich bei Hobbs ab.

"Nun ja, Telekinese zum Beispiel. Warten Sie, ich führe es Ihnen vor." Dabei konzentrierte er sich und SCHWUPPS kam von der Anrichte die Pfeffermühle dahergeflogen und landete weich neben dem leeren Teller vor Drew. "Das wollte ich eigentlich schon tun, als die leckeren Eier noch drauf waren, doch da wären Sie womöglich in Ohnmacht gefallen oder hätten an Ihrem Verstand gezweifelt."

"Fantastisch! Mit so einem Verbündeten wie Ihnen, da habe ich noch eine Chance, mein Leben und das meiner Liebsten zum Vorteil zu gestalten. Ich meine, wo Sie mir so liebenswürdig Ihre Hilfe anboten..."

"Sicherlich, nichts einfacher als das. Lassen Sie uns einen Plan aushecken, mit dem Sie Ihrem Präsidenten die Laune heben können, denn davon hängt auch Ihr Wohlergehen ab, stimmt's, Freund?"

Zustimmend nickte Hobbs und grübelte schon über eine Lösung seines dringendsten Problems, sich bei seiner Tochter Elaine wieder beliebt zu machen, nach...

Um 21 Uhr in Sacramento, der Hauptstadt Kaliforniens, begann das Nachtleben für die After-Work-Clubber. Nicht alle nahmen daran teil, mangels Work oder auch Lust. Elaine saß daheim in ihrer kleinen Wohnung am Freeport Boulevard mit Blick auf den William Land Park vor ihrem Notebook. Bereits im neckischen Nachthemd checkte sie noch ihre E-Mails, als auf einmal der Bildschirm dunkel wurde.

"Oh nein, nicht schon wieder so ein verdammtes Update!", fluchte sie, mühsam ihr explosives Temperament bekämpfend, welches sie oft irrational handeln ließ.

Da erhellte sich der Bildschirm und der Kopf von Drew Plenty wurde sichtbar. "Hallo Elaine, ich bin ein weit gereister Freund Ihres Dads!"

"Ach was?" Noch uninformiert über Plentys Hilfsbereitschaft, wusste sie nichts mit ihm anzufangen. "Sie sehen mehr wie ein Hells Angel aus."

"Lassen Sie sich von meinem Aussehen nicht täuschen! Er teilte mir mit, dass Sie nicht mehr mit ihm reden, weil er schuld an Ihrem Rauswurf sei. Daher schlug ich ihm vor, Ihnen ein wenig dabei unter die Arme zu greifen Ihren Job wieder zurückzubekommen, um ihm leichter verzeihen zu können."

"Pah, wie wollen Sie denn das hinkriegen? Mein Chef ist politisch aktiv und mein Dad in Ungnade gefallen, wofür ich büßen muss! So eine Gemeinheit, ich möchte am liebsten-"

"Keine Sorge, Elaine!", würgte Drew ihren Sermon ab. "Ich komme mit Ihnen inkognito zu Ihrem Boss und dann überzeugen Sie ihn mit meiner Hilfe aus dem Hintergrund."

"Ich verstehe kein Wort. Mein Boss empfängt mich doch gar nicht mehr!", piepste sie beleidigt.

"Wir überfallen ihn einfach in der Tiefgarage und Sie führen ihm mein Kunststück vor." Hinter ihr schwebte eine Vase auf sie zu. "Drehen Sie sich mal um."

Kaum hatte sie ihren Kopf umgewandt, stieß sie einen spitzen Schrei aus.

So ungefähr um 22.15 Uhr in der Tiefgarage des Bürogebäudes der Stadtverwaltung hatten Drew und Elaine ihren Boss Mr. Hatfield abgepasst. Drew hatte sich im toten Winkel der Überwachungskamera bewegt und dann hinter einer Säule versteckt - so sah Hatfield, ohnehin schon ziemlich müde von der öden Schreibtischarbeit, nur die hübsche Elaine in ihrem anthrazitgrauen Businesskostüm mit der spießigen rosa Rüschenbluse plötzlich vor sich stehen.

"Guten Abend, Sir! Ich wollte Sie nur höflich bitten, mir meinen Job zurückzugeben!"

"Elaine, Sie wissen doch genau, dass das nicht geht." Ihres Charmes ungeachtet stieg er in seinen Chevrolet Impala ein, ließ den Motor an und das Seitenfenster runter.

"Ich verfüge über Fähigkeiten, die Sie nicht außer Acht lassen sollten!"

"Sie meinen hoffentlich nicht die Waffen einer Frau!", scherzte er, ehe ihm das Grinsen im Gesicht gefror. Sein Wagen hatte sich anderthalb Meter in die Luft gehoben und die Räder drehten sich durch, als er automatisch kurz auf das Gaspedal trat. "WAS - WIE?" Ungläubig guckte er durch das Seitenfenster hinunter, dann zu Elaine.

"Das ist nur meiner mentalen Kraft zu verdanken", piepste sie stolz. "Aber fühlen Sie sich keineswegs gezwungen, mich wieder einzustellen. Wissen Sie was? Sie fahren jetzt ganz ruhig nach Hause zu Frau und Kind und überlegen sich einfach, ob es nicht besser wäre, eine Kollegin wie mich in Ihrer Firma weiterzubeschäftigen."

Verdattert sah er ihr nach, wie sie auf ihren High Heels aus der Garage stöckelte und guckte dann wieder nach unten. "ELAINE! Sie haben vergessen mich wieder-"

Bevor er noch den Satz zu Ende sprechen konnte, setzte sein Wagen sanft wieder auf und er wischte sich mit einer Hand über die Augen.

"Ich arbeite einfach zuviel!", resümierte er noch immer perplex.

Der General kam in seinem Haus mittlerweile zur Einsicht, dass er knapp davor gewesen ist, eine irreversible Entscheidung getroffen zu haben, die den ihn liebenden Personen das weitere Leben noch mehr erschwert hätte. Nein, dachte er sich, während er durch sein Schlafzimmerfenster in die Nacht stierte, wie habe ich nur einen Moment daran denken können, einfach das Leben wegzuwerfen. Wo ich doch sonst auch immer alle noch so harten Herausforderungen gemeistert habe. Bin ich gar schon so müde geworden? Des Lebens und der Mitmenschen müde? Oder war es nur ein schwacher Moment, in dem keiner bei mir war, und den zum Glück Drew Plenty rasch vertrieb. Wie auch immer, ich werde es mir nie wieder gestatten, in Erwägung zu ziehen, mich von dieser ungerechten Welt durch eigene Hand zu verabschieden. Schlimmstenfalls nahm er sich vor, die Seelsorge-Hotline anzuwählen...

Anderntags Punkt 9 Uhr bekam Elaine hohen Besuch: ihr Boss Mr. Hatfield hatte sich persönlich zu ihrer Wohnung bemüht und stand an der Schwelle. Zum Glück war sie schon wie immer tipptopp gekleidet und frisiert.

Hatfield trug auch wie immer einen grauen Maßanzug und italienische Schuhe.

"Elaine, bei IHREN Fähigkeiten wäre es doch schade, sie in Ihrem alten Job zu verschwenden. Ich habe einen Freund in der Baubranche, der eine tüchtige Werbemanagerin sucht. Haben Sie Zeit, dann fahre ich Sie hin und stelle Sie ihm gerne vor."

"Tja-äh, warum eigentlich nicht." Schnell schlüpfte sie in ihre Pumps, schnappte sich ihre Tasche und trippelte mit ihm zu seinem Wagen.

Während der Fahrt im quietschgelben Porsche-Cabrio des Ex-Bosses unter strahlender Morgensonne führten sie nur den üblichen Small Talk. Warum er nicht den Chevy nutzte beispielsweise - weil den seine Frau zum Einkaufen bequemer fand. Den frischen Fahrtwind angenehm in ihrem Blondhaar wühlend, fragte sie sich, wie sie es ohne Hilfe anstellen sollte, bei Bedarf etwas schweben zu lassen. Doch ein Blick in den Rückspiegel verriet ihr, dass Drew Plenty wunderbarerweise auf seinem Motorrad hinter ihnen herknatterte. Biker sah man bei diesem herrlichen Wetter öfters im Berufsverkehr, daher erregte auch der hünenhafte Drew keine Aufmerksamkeit. Bald kamen sie zu einer Großbaustelle und mussten kurz nach dem Aussteigen aus Sicherheitsgründen kleidsame gelbe Helme aufsetzen. Elaine fühlte sich etwas mulmig, vor allem, weil sie nicht wusste, wer vor ihr den Helm auf dem Haupt trug.

Mr. Hatfields Freund stellte sich als stadtbekannter Baumogul Seth Murgridge heraus, der Elaine erfreuter Miene die Hand schüttelte. Mit seiner stattlichen Erscheinung wirkte er sogar - sich vorbildhaft volksnah präsentierend - in dem Arbeitsanzug, den er momentan anhatte, wie ein Gentleman, der nur kurz mal den emsigen Vorarbeiter gibt.

"Ich hörte ja unglaubliche Dinge von Ihnen, Miss Hobbs."

"Oh, ich gehe mit meinen Fähigkeiten sehr sparsam um und tue am liebsten ganz normale Dinge."

"Na, dann machen Sie mal für mich eine Ausnahme!" Sehr selbstsicher ging er voran durch teilweise schon aufgebaute Gerüste, auf denen sich einige Arbeiter tummelten, zu einer großen Baugrube, in welcher ein riesiger Betonklotz lag.

Einige Arbeiter in Blaumännern mit Helmen stapften an Murgridge grüßend vorbei Richtung der Gerüste. Selten hatte sie sich so deplatziert gefühlt, denn sie ahnte schon, was jetzt gleich anstand.

"Also, junge Dame, wenn Sie es schaffen, dieses gestern vom Lastwagen gepurzelte Baumodul aus der Grube dort obenhin", dabei zeigte er kurz mit ausgestrecktem Arm zum Rand der Grube, "zu schaffen, dann haben Sie in meiner Baufirma einen Werbejob, der Ihnen monatlich ein Sümmchen von 8.000 Dollar einbringt."

"Tja, ich werde es versuchen", versprach sie, führte die Hände an ihre Schläfen und hoffte, dass hinter ihr wieder Drew Plenty ein Wunder vollbringen werde. Im Grunde fühlte sie sich wie die Müllerstochter im Märchen, die Stroh zu Gold spinnen sollte. Mit dem Unterschied, dass ihr Rambo-mäßiges Rumpelstilzchen viel, viel größer war...

Und tatsächlich, der Betonklotz erhob sich wie von Zauberhand und schwebte gehorsam dorthin, wo ihn Murgridge hinhaben wollte.

"Wow! Fulminant!", lobte dieser und schüttelte noch ungläubig den Kopf.

"Ich hab es Ihnen ja erzählt, was da für eine Perle bei mir gearbeitet hat", warf sich ihr Ex-Boss Hatfield in die Brust. Jovial klopfte er Elaine auf die Schulter. "Wenn ich mal keine Möbelpacker bekomme, darf ich mich bei Ihnen melden!"

Elaine lächelte milde.

Leider war Drew Plenty einem Security-Mitarbeiter aufgefallen, der ihn freundlich, aber bestimmt aufforderte, die Baustelle zu verlassen: "Entschuldigen Sie, Mister, aber hier ist kein Zutritt für Privatpersonen!"

Mit einem Seitenblick erkannte Elaine voll Schreck, dass ihr Freund und Helfer von einem schwarz gekleideten, rot behelmten Mann von der Baustelle begleitet wurde. "Hier geht's lang, Mister, sonst könnte Ihr ungeschützter Kopf noch Schaden nehmen!"

Verdammt, dachte sie. "Äh, ich fühle mich nun etwas müde. Solch schwere Gewichte sind für eine schwache Frau wie mich nicht leicht zu befördern", improvisierte sie schlagfertig.

"Das müssen Sie auch nicht, ich vertraue darauf, dass auch ihre anderen geistigen Fähigkeiten mir zum Gewinn gereichen werden!", freute sich ihr neuer Boss. "Sie dürfen mich Seth nennen, Elaine!"

Wieder daheim erwartete Drew Elaine schon in ihrer kleinen Wohnung und sie fragte ihn erst gar nicht, wie er ohne Schlüssel hineingekommen war.

"Vielen Dank, für Ihre Hilfe, Drew, ich nehme an, dass Sie natürlich nicht immer hinter mir her sein können."

"Das stimmt, daher habe ich hier ein kleines Geschenk für Sie, Elaine!" Aus seiner Hosentasche holte er einen scheinbar billigen Messingreifen heraus. "Dieser Modeschmuck kann an ihrer zarten Hand getragen Lasten bis zu knapp einer Tonne heben."

"Super", freute sie sich, riss ihm förmlich den Reifen aus der Hand und streifte ihn sich über. "Ich probiere es einmal mit der Glasvase!"

Mit einem Ruck bewegte sich die Vase und schnellte an ihrem Kopf vorbei an die Wand hinter ihr, wo sie klirrend zerbrach.

"Sie müssen noch etwas üben", erkannte Drew. "Wichtig ist, dass Ihnen der Armreif keinesfalls gestohlen wird. Sollten Sie beraubt werden, können Sie auch den Räuber in die Lüfte heben und wieder runterfallen lassen, das liegt ganz bei Ihnen. Und reden Sie mit Ihrem Vater nicht am Telefon über mich oder das Geschenk. Sie wissen ja: Feind hört mit!"

Diesen Rat beherzigte sie selbstverständlich bei dem nachfolgenden Telefonat mit ihrem lieben Daddy, bei dem sie entspannt auf ihrer Wohnzimmercouch lag.

"Bist du glücklich, mein Schatz?"

Da probierte Elaine gleich ihren neuen Armreif, indem sie sich nun quasi per Fernbedienung aus ihrem Krug in der Küche die selbst zubereitete Zitronenlimonade in ein danebenstehendes Glas eingoss, welches halb voll gemächlich durch die offene Tür zu ihrer zarten griffbereiten Hand schwebte.

"Oh ja, du kannst dir gar nicht vorstellen, wie seeeehr, Daddy!"

Zufrieden begab sich General Hobbs danach zum Flughafen, um nach Washington zu fliegen: Der Präsident verlangte einen Zwischenbericht.

Im Oval Office definierte der Minister für die Finanzen den Nutzen der Leistung der zehn auferstandenen Personen des öffentlichen Interesses.

"Wir haben die Bemühungen der Wiederauferstandenen um das Wohl der Menschheit ausgiebig geprüft und kamen zum überraschenden Schluss, dass Eric Harris, der einstige Amokläufer, der einzige war, welcher sich für das Volk als nützlich erwiesen hat."

"Wie bitte?" General Hobbs meinte, sich verhört zu haben, legte angespannt eine Hand ans Ohr und sagte: "Das muss ein Irrtum sein!"

"Keineswegs! Sie sind ihm gegenüber voreingenommen, wenn Sie allerdings eine differenzierte Betrachtungsweise einnehmen, dann können Sie folgendes nicht bestreiten: Im Vergleich zu den neun anderen Wiederauferstanden ist er der einzige Lichtpunkt - nehmen wir z. B. Einstein her, der vermittels seines grandiosen Geistes den LHC so modifiziert hat, dass halb Europa kahl und verwüstet ist. In Zeiten dieser ekelhaften politischen Korrektheit kann man nicht einmal sagen, er habe uns lästige Konkurrenten vom Markt geschafft!"

"Ja, ich überlege schon lange, diese komische Korrektheit in der Politik abzuschaffen", stellte Trump fest.

"Ausgezeichnete Idee, Sir", lobte der Finanzminister. "Wo war ich? Ah, ja, bei Harris, dem Wohltäter!"

Hobbs geriet in Wut und posaunte seinem Gegenüber entgegen: "Wer ein negatives Charakterelement in sich trägt, der verliert es niemals ganz!"

"Doch! Er lief praktisch von der dunklen Seite zur hellen über! Denn seine APP hat unglaublich viele selbstzerstörerische Hedonisten, die auf der Überholspur lebten, zur Vernunft gebracht. Ja, sie haben sich entweder ihre Laster total abgewöhnt oder sie zumindest stark eingeschränkt! Das ist eine Leistung, die wir dem jungen Mann hoch anrechnen müssen!"

"Wollen Sie ihm gar eine Medaille an seine Hühnerbrust heften?", ärgerte sich Hobbs.

"Und was haben die andern Genies zuwege gebracht?", wollte Trump wissen, obwohl die Zeitungen es längst berichtet hatten.

"Die Fitness-Welle, die der ehemals nur geistreiche Hawking auslöste, suchte ihresgleichen. Vom übergewichtigen Kindergartenkind bis zum verkalkten Seniorenheiminsassen begannen ihm alle nachzueifern, was natürlich Tribut forderte. Es häuften sich Hirn- und Herzschläge. Infolge der - für früher nur im Sitzen fit Gewesenen - ungewohnten und auch falsch angewandten plötzlichen Fitness-Euphorie fanden gar zahlreiche Bewegungssüchtige den Tod, sodass sich die Regierung genötigt sah, vor nicht notwendigem Übereifer bei körperlicher Ertüchtigung Vorsicht walten zu lassen oder - noch besser - davon Abstand zu nehmen. Danach häuften sich wieder Fälle von Adipositas und Herzverfettung. Oppenheimer hat in Afrika eine Bevölkerungsdezimierung mit seiner Superwaffe geschafft, an der er jetzt in der Wüste Gobi weitertüftelt, Madame Curie hat mit ihrer Wundercreme zahlreiche Leute totgeschmiert, Wernher von Braun hat mit seiner künstlichen Sonne halb Russland verbrannt, Louis Pasteur hat mit seinem köstlichen Nektar für Nierentote sonder Zahl gesorgt, Niels Bohr, Alfred Nobel und Thomas Edison haben sich de facto zur Ruhe gesetzt, wobei letzterer noch die Gerichte mit Klagen wegen seiner Patente aus seinem ersten Leben beschäftigt."

"Marvin, Ihre Protegés verhielten sich nicht alle positiv", resümierte Trump mit einer Miene, die man auch als Steuereintreiber aufzusetzen pflegte, oder als Kopfgeld-Jäger.

"Kurzum, wir sollten Harris für seine Leistung würdigen!", schlug der Minister vor.

Dem General langte es und er ratterte bei seinem Abgang zur Tür noch seinen Frust herunter: "Na, wenn er sein Talent als Massenmörder überstrapaziert und sich zum Retter der Menschheit aufgespielt hat, ist es für mich Zeit zu gehen!" Mit einem lauten Knall schlug er die Tür hinter sich zu.

Der Minister atmete erleichtert auf. "Ein Glück, dass er weg ist, denn, wenn er gehört hätte, was dieser Harris mit seiner APP verdient hat, wäre er wohl explodiert!"

„Ach, das wär nicht so schlimm gewesen, der ist leicht ersetzbar!", äußerte sich Trump. „Wenn ich nur daran denke, wie viele Versager ich schon aus meinen heiligen Hallen gefeuert habe….“ Angestrengt schien er nachzudenken.

„Sir?“, fragte der Finanzminister ratlos.

Doch er erhielt keine Reaktion.

XXIV. Epilog

Im Jahr 2030 hatten sich die verbliebenen Auslands-Schweizer zusammengeschlossen und waren in das zerstörte Stückchen Land zurückgekehrt, das einst ihre stolze, so unbezwingbare Heimat – und Ziel vieler Schwarzgeld-Anleger und Steuerbetrüger - gewesen ist. Tja, nun waren sie alle verschwunden, die schönen Banken mit den Nummernkonten - schnief! Mit dem ihnen eigenen Fleiß und Nationalstolz gelang es den Heimkehrern, das total verwüstete Gebiet wieder zu urbanisieren, das Matterhorn aus dem 3D-Drucker wiederaufzurichten und so nebenbei gründeten sie auch noch eine neue Religion: den Dänikenismus.

Laut Däniken gab es ja vor Menschengedenken schon die prähistorische Raumfahrt - die sogenannte Präastronautik - und rund um diese Hypothese bildeten die tapferen Schweizer und Schweizerinnen eine riesige Glaubensgemeinschaft, die nun vorausschauend auf die baldige Rückkehr ihrer Ur-Ur-Ahnen aus dem All wartete. Allnächtlich wurden Fackel-Prozessionen abgehalten, die man vom All aus erkennen konnte und laute Gebetsgesänge heruntergeleiert.

Und tagsüber zur Mittagszeit High Noon mit farbigen Flaggen nach oben gewunken, was man nur aus dem Orbit erspähte. Bis dato hatten sich die Ex-Raumfahrer zwar noch nicht gezeigt... Doch davon ließen sich die Religionsgründer nicht abhalten, ihren Glauben auch auf andere noch existierende Erdteile auszuweiten zu versuchen... Manche meinten sogar, es wäre besser so, denn nur dann könnten sie weiter voller Inbrunst ihren Kult ausleben und das Gemeinschaftserlebnis der Hoffnung genießen. Die Menschheit wollte immer das, was sie momentan nicht haben konnte!

Das Jahr 2050 war endlich angebrochen, es gab eine Forschungsstation auf dem Mond und eine auf dem Mars. Nicht zuletzt aufgrund der Hilfe von Drew Plenty, dessen Menschlichkeit allerdings auch nur ein Kostüm seiner Sensationslust darstellte. Immerhin hatte er einen wesentlichen Beitrag zum technischen Fortschritt der Menschheit geleistet, was man von den Wiederauferstandenen nicht gerade behaupten konnte. Leider hatte sein Geschenk Elaine wenig Glück gebracht. Denn nachdem sie sich mit ihrem Boss Seth Murgridge zerstritten hatte, geriet sie derart in Wut, dass sie ihn zwanzig Meter in die Luft beförderte und von oben herabstürzen ließ. Dabei wurde sie leider beobachtet und trotz ihrer Behauptung nichts, aber auch gar nichts mit diesem merkwürdigen Unfall zu tun zu haben, ins Gefängnis eskortiert, wo sie all ihren Schmuck und ihr ganzes bisher verdientes Geld bei einem Anwalt zu ihrer Verteidigung ablegen musste.

Der Nobelpreis war auf Betreiben einer erfolgreichen Klage seines Stifters abgeschafft worden, an seiner Stelle wurde nun alljährlich der Trump-Preis vergeben: Für die größten Erfolge mit minimalem Geistesaufwand in den Kategorien Wirtschaft, Kunst & Politik. Trump selbst war anno 2024 in ein Wachkoma gefallen, in welchem er nur ab und zu einige Worte wie 'Voodoo-Zauber' und 'Kongo-Koch' stammeln konnte, von denen keiner ahnte, was sie bedeuten sollten, wobei er auch ziemlich undeutlich lallte - und das obwohl er niemals Alkohol getrunken hatte!

Das Geld war zugunsten eines Bürgerchips - in der rechten Hand implantiert - abgeschafft worden, auf welchem alle nötigen Daten und Leistungen eines Werktätigen gespeichert und in Waren umgetauscht werden konnten, dagegen allerdings auch alle Verfehlungen mit Vergeltungsmaßnahmen bedacht wurden wie sozialer Ächtung durch Verweigerung eines Grußes, digitaler Pranger mit Möglichkeit für alle Shit-Storms abzusenden, Zivildienst in Spitälern und auf Roboter-Schrottplätzen sowie Enteignung bisherigen Besitzes. Über die Existenz Außerirdischer wurde die

Bevölkerung immer noch offiziell im Dunkeln gelassen und bezüglich weiterer Auferstehungen verwies man auf die Entwicklung von Augmented Reality-Dead-Relatives, vermittels derer man liebe tote Verwandte als Hologramme daheim im trauten Kreis wieder aufleben lassen konnte, um sich deren liebste Sätze anzuhören, wie z.B. 'Zieh dir etwas Warmes an, es ist kalt draußen!' oder 'Creme dich mit Sonnenöl ein, sonst bekommst du den Hautkrebs!' oder auch 'Nimm Kondome mit, sonst bekommst du die neue Krankheit Ficky-Pusteln!' und so weiter und so fort...

Innerhalb von 30 Jahren hatte die Menschheit also einen gewaltigen Sprung nach vorn gemacht, auch um den Preis, dass es nun etwas weniger Exemplare ihrer Spezies gab - nur noch eine halbe Milliarde -, doch das kümmerte die noch existierenden herzlich wenig. Hauptsache überlebt haben, das zeichnete eben die menschliche Natur aus. Apropos Natur... es gab auch einen sechsten Erdteil namens Grepaga: die Great Pacific Garbage Patch - eine Riesen-Plastikabfallinsel im Pazifik - wurde erfolgreich renaturiert, begrünt und bevölkert mit hochgebildeten Leuten, die früher nur in Silicon Valley zu finden waren. So hatte jeder Nachteil auch seinen Vorteil!

In seinem nunmehr 81sten Lebensjahr stand der greise General an derselben Stelle der Area 51, an der 30 Jahre zuvor das Shuttle des geschenkefreudigen Außerirdischen gelandet war. Die letzten drei Dekaden fühlten sich für ihn wie eine Ewigkeit an, sie stellten gleichzeitig die ereignisreichsten seines Lebens dar. Abseits des Alters hatten die durchlittenen harten Jahre tiefe Kerben der Verbitterung in sein Gesicht geschlagen, sein gramgebeugtes Rückgrat war durch ein gerades aus dem 3D-Drucker ersetzt worden, sein Herz stammte aus einem Super-Schweine-Stall und seine rechte Hüfte aus dem Gen-Labor für Knochen-Nutzrinder.

Gestützt auf einen smarten Gehstock, welcher ihm bei Bedarf laufend gesundheitliche Werte und nötige Medikamente übermitteln konnte, stand er da wie ein dreibeiniges Denkmal eines alten Militaristen in blitzender Uniform. An seiner Brust baumelten einige Verdienstorden - im Army-Slang Fruit Salad genannt, die ihm allerdings schon lange vor der denkwürdigen Begegnung der dritten Art verliehen worden waren. Ur-uralt fühlte er sich, wie er dort stand und des antiken Römerspruchs gedachte: Vivere Militare Est - Leben heißt Kämpfen!!! Und Kämpfe hatte er nun beruflich wie auch privat wirklich oft und lang genug in seinem Leben ausgefochten. Nun fühlte er sich - trotz jährlicher Frischzellen-Infusion extra dafür gezüchteter Wüstenspringmäuse - so ausgelutscht wie ein ausgespuckter Nikotinkaugummi...

Endlich - nach einer gefühlten Ewigkeit - landete das Shuttle und ein Reptiloid stieg aus, kam im Krebsgang auf ihn zu, seine Haut ähnelte Kevlar. Der General wich zurück. Ein Zitat von Ovid geisterte durch sein Gehirn 'unbemerkt entgleitet und täuscht uns die flüchtige Zeit'. Was da auf ihn zukam, war viel größer als der kahle Mann und ausgesprochen furchterregend noch dazu. Seine Augen... aus seinen Augen schien die Hölle herauszuleuchten.

"Ich bin es, Södluf", gab sich der Fremde zu erkennen und streckte Hobbs die Pranke entgegen, die dieser schüchtern schüttelte. "Ich sah von einer Verwandlung in einen Menschen ab, da es so unbequem für mich ist. Wie ein zu enger Anzug für Sie, mein Lieber. Doch von solchen Äußerlichkeiten können wir nun Abstand nehmen." Es klang so harmlos wie die Ankündigung einer frisch angetrauten Ehefrau, nicht mehr den Friseur aufzusuchen.

Dem General fuhr Eiseskälte in die Glieder und eine Erkenntnis ins Gehirn: Solch süß sprechende Shapeshifter statteten spontan städtischen Erdbewohnern einen Besuch ab! Sch-

"Wie geht es Ihnen?" Bei der höflichen Frage neigte Södluf leicht den Kopf zur Seite.

"Nicht wohl! Sie waren ja eine Welt von uns entfernt", begann der General und räusperte sich.

"Genau genommen mehrere Welten", bekannte Södluf eingedenk der vielen bereits erfolgreich abgeschlossenen Unternehmungen seiner Spezies.

"Ich komme gleich zur Sache. All die speziellen Ereignisse seit Ihrer Landung nährten bei mir einen speziellen Verdacht!"

"So? Verraten Sie ihn mir?" Bei der Frage hisste er ein wenig, wobei kurz seine gespaltene Zunge zum Vorschein kam.

"Könnte es sein, dass Ihr großzügiges Geschenk dazu diente, die Menschheit auszurotten, Mr. Södluf?"

"Was meinen Sie?", tat dieser unwissend, was unwillkürlich komisch wirkte - so, als ob er mit seinem Kopf eine Fliege zu vertreiben suchte. In seinen Augen blitzte etwas auf. Es mochte allerdings auch nur eine kleine Spiegelung sein, denn die Sonne stand schon ziemlich tief.

"Nun ja, wir haben große Schwierigkeiten mit den Auferstandenen gehabt, da kam uns der Gedanke-", er brach ab und meinte dann verlegen: "Aber es wäre doch ein leichtes Spiel für Ihre Rasse gewesen, uns auszulöschen, wo unsere Waffen gegen Sie nutzlos sind."

"Haha. Dafür wurden sie auch nicht gemacht, um Aliens zu vernichten, sondern Ihre eigenen Nahrungskonkurrenten", erläuterte ihm Södluf. "Warum glauben Sie, haben wir die USA besucht und beschenkt? Wohl nur deshalb, weil wir Ihre Landsleute für die besten Kämpfer der Menschheit halten. Wenn Sie also alle anderen ausgeschaltet haben, dann kommen wir und belohnen Sie mit der Alleinherrschaft über den Planeten Erde!"

"Darum ging es Ihnen also. Sie wollten die andern Völker von der Erde hinwegfegen lassen und uns als Ihre Stadthalter hier einsetzen", glaubte der General zu erkennen, den ein Gefühl beschlich, als wäre der von ihm gekannte Globus gestorben.

"Etwas rigide Formulierung, aber nicht ganz unrichtig", lobte Södluf. "Und bei den Chinesen hatten Sie ja schon prächtig Erfolg! Da fällt mir ein Bonmot eines Chinesen ein: Ob die Französische Revolution denn ein Erfolg gewesen sei, erkundigte sich Henry Kissinger einmal bei Chinas kommunistischem Premierminister Zhou Enlai. Zu früh, um das zu beurteilen, lautete dessen Antwort. Ich denke, es ist auch für Sie zu früh, unser Geschenk an die Menschheit richtig zu bewerten und zu spät, es noch genießen zu können. Für Ihren Planeten sind weniger Ihrer Art jedenfalls so wohltuend wie eine Abspeckkur! Ich brauche Ihnen wohl nicht exponentielles Wachstum und seine Folgen zu erklären."

"Nun, der geniale Einstein hat uns davor bewahrt, indem er Europa gesundgeschrumpft hat, und Oppenheimer, indem er in Afrika eine radikale Minderung der Bevölkerungszahl verursachte."

"Wozu Menschen fähig sind...", schien sich Södluf zu wundern, oder auch mit Ironie zu amüsieren.

"Ich denke, es macht keinen Sinn, Sie um Rücknahme des Geschenks zu bitten. Darum werden wir uns wohl selbst kümmern müssen."

"Hm, Sie denken, Drepled wird Ihnen helfen...", schätzte Södluf.

"Drepled? Ach, Sie meinen Drew Plenty."

"Unter welchem Namen er sich auch Ihr Vertrauen erschlichen hat, er ist es nicht wert. Glauben Sie nur nicht, er will helfen, der will sich nur ein wenig amüsieren, weil er noch in den Flegeljahren ist." Seine Stimme klang wie ehedem eintönig, sodass man ihr weder Zorn geschweige denn eine Warnung entnehmen konnte. Es konnte auch nur eine sachliche Feststellung sein, die er da ausgestoßen hatte. "Für ihn ist das so wie für Sie ein Ego-Shooter-Spiel mit menschlichen Avataren."

"Sein Wissen erwies sich bisher für uns von unschätzbarem Wert. Und er versprach, uns weiterhin zu helfen."

"Allerdings kann er nicht die Zeit für Sie anhalten, mein Lieber. Das vermögen nur einige wenige von uns", offenbarte er. "Und er kann Ihnen auch nicht die Formel dafür geben."

"Weil er Sie nicht hat oder weil es ihm verboten ist?", forschte Hobbs.

"Beides. Wenn Sie ins Mittelalter transferiert würden, wüssten Sie zwar wie ein Atomkraftwerk funktioniert, doch könnten es unmöglich erbauen, geschweige denn betreiben", erklärte er geduldig. "Selbst, wenn Sie Ihren Laptop dabeihätten, könnten Sie Ihren Vorfahren nur eine hübsche Webseite kreieren, mehr nicht."

"Wie auch immer, Sie versprachen damals, uns Harris wieder abzunehmen und auf einem andeern Planeten auszusetzen." Mit seinem Stock deutete er in die Richtung eines auf sie zufahrenden Konvois. "Nach Jahren des Prozesse-Führens gelang es mir endlich, ihn wegen Steuerhinterziehung zum Abflug in die Verbannung verurteilen zu lassen! Bei diesem Delikt versteht auch unsere neue Präsidentin keinen Spaß!"

Aus einem Panzerwagen stieg Eric langsam mit Handschellen und Fußfesseln aus, in den vergangenen 30 Jahren um keinen Tag gealtert. Grinsend wie damals, als er ausgestiegen war und seinen Heimatplaneten zum zweiten Mal betrat.

"Mich wundert, dass Sie noch die vielen Orden tragen können, die wie bleiernes Lametta an ihrem Anzug baumeln. Uralt sind Sie geworden, General", spöttelte er, "und unbrauchbar für die Army, aber als Papst könnten Sie sich bewerben!"

"Schweig, du undankbare Kreatur!", herrschte ihn Hobbs an.

"Nanana, so ein Ton! Z-Z-Z, das ziemt sich nicht für einen Uniformträger. Damit könnten Sie nicht mal mehr Papst werden, sondern nur noch Populist für die Obdachlosen-Partei", schlug er frech vor, lachte dann diebisch in sich hinein. "Davor sollten Sie sich aber noch ein frisches Gehirn von einer Affen-Forschungsstation implantieren lassen. Hah-hah!"

Die Zornesröte verzierte den Kopf des Generals, an dessen Schläfe zudem noch eine Schlagader sichtlich hervortrat. Es wirkte so, als wäre unter seiner Haut ein dünner Schlauch, welcher zum baldigen Platzen anschwoll.

Södluf nickte und gestand: "Ich verstehe, dass Sie ihn loswerden wollen. Pubertät ist die universelle Erfahrung und Verbreitung des Peinlichen. In dieser Phase steckt er noch die nächsten paar Tausend Jahre fest, bis zum Eintritt ins erste Reifestadium. Unsere Studie ergab allerdings, dass es auch Menschen gibt, die bis zum Tod im hohen Alter pubertär bleiben."

"Stimmt, aber die werden besachwaltet."

"Wir könnten ihm einen Sachwalter hier beistellen."

"NEIN!", rief Hobbs energisch aus. "Nehmen Sie ihn mit und setzen ihn auf einem weit, weit entfernten Exoplaneten aus."

"Mich hält hier auch nichts mehr, Meister!", meldete sich Eric zu Wort.

Mit dem Tod seiner Mutter hatte er den einzigen Menschen verloren, der ihn je - trotz seiner etwas komplizierten Persönlichkeit -bedingungslos lieben konnte, der Abflug von diesem mit Fallen gepflasterten Planeten voll von seinen Hass-Subjekten fiel ihm daher nicht schwer.

"Ich habe nie hierher gehört...", sagte Eric und fügte mit verächtlichem Blick auf den General noch hinzu: "Und ich nehme mit Vergnügen zur Kenntnis, dass es unmöglich ist, mich zu ersetzen!" Dann hüpfte er wie ein Känguru zur Rampe und stieg in das Raumschiff ein.

Södluf legte Hobbs seine Pranke auf die Schulter. „Sie haben sich wacker geschlagen und können stolz auf sich sein.“

„Sie auch“, drückte ihm der General seine Achtung aus.

Denn letztendlich hatte er sich auch nur als Soldat im Dienste seines eroberungsfreudigen Volkes herauskristallisiert…

Insgeheim wünschte sich der leicht verbitterte Hobbs inbrünstig, Harris möge sich gegenüber seinen Schöpfern auch als biestiger Mitstreiter, als Sand in ihrem Getriebe, als Eiterpickel an ihren Genitalien zeigen!

Den Abflug bezeichneten die US-Bürger später scherzhaft als 'Harris Himmelfahrt', was bald in den Sprachgebrauch der Zeit einfloss! Und das Datum wurde nach einigen Jahren sogar ein Feiertag.

Er ist nicht älter geworden und immer noch derselbe, war die Freude und der Kummer seiner Eltern, dachte der General, als er dem Shuttle in den Himmel nachstierte. Irgendwie fühlte er sich wie ein Sieger in einem Hemingway-Epos, in welchem es hieß: Der Sieger geht leer aus.... Die Wolken sahen aus, als wären sie mit einem Besen verwischt worden...

Über den Autor: S. Pomej hat aus Interesse an der menschlichen Natur Psychologie studiert und lässt die erlernten Störungen plus eigener Erfahrung mit Kranken in spannende Bücher [ÄGYPTENS FLUCH (Abenteuerroman), EXORAUM, SWITCH, Terrormond Titan, ZIVILFLUG ZUM ZEITRISS, SHERLOCK HOLMES IM ALL, Verbotene Gelüste (Science-Fiction-Romane), KURZ & KRASS, Soziopathen sterben selten, AUFRUHR (Kurzgeschichten) Haus mit Verstand (Roman über KI), Der Wahnsinn möglicherweise (heiterer Roman), TODESPUNKT (Mystery-Krimi)] & lustige Comics (zu sehen auf: pomej.blogspot.com) einfließen. Humorige Theaterstücke im Kaiser-Verlag sowie im Bieler-Verlag erhältlich.

© 2020 Pomej, S.
Herstellung und Verlag: BoD – Books on Demand, Norderstedt
ISBN: 9783750437784